CH00841184

_ION
CLWYD

YSBRYDION CLWYD

Eirlys Gruffydd

Gwasg Carreg Gwalch

Argraffiad Cyntaf: Gorffennaf 1991

ⓗ Gwasg Carreg Gwalch

Rhif Rhyngwladol: 0-86381-195-7

Map: Ken Lloyd Gruffydd

*Argraffwyd a chyhoeddwyd gan Wasg Carreg Gwalch,
Capel Garmon, Llanrwst, Gwynedd.
(0690 710261)*

I blant Maes Garmon —
ddoe, heddiw ac yfory.

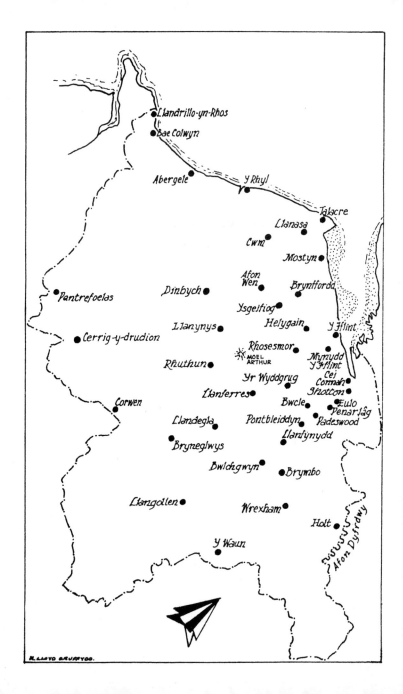

Cynnwys

Gair cyn dechrau. . .

Ydych chi wedi gweld ysbryd erioed? Os ydych yn byw yng Nghlwyd mae'n siŵr fod yna ysbryd yn eich ardal chi. Mae llawer o hanesion am ysbrydion i'w cael o un pen i'r sir i'r llall. Mae rhai o'r hanesion yn hen a rhai yn storïau mwy diweddar. Wrth gwrs nid yw pob stori am bob ysbryd yn Sir Clwyd yn y llyfryn bach hwn. Hwyrach eich bod **chi'n** gwybod am stori dda nad yw'n y llyfr yma. Os ydych, rhowch wybod i mi — ar ôl i chi ddarllen y llyfr, wrth gwrs!

Pam fod ysbrydion i'w gweld mewn ambell le? Mae rhai pobl yn credu fod rhywbeth trist wedi digwydd yno. Hwyrach bod rhywun wedi cael ei ladd neu wedi ei ladd ei hun yn y man arbennig hwnnw. Hwyrach bod corff marw wedi cael ei guddio yn rhywle a heb gael ei gladdu mewn mynwent. Gall hyn achosi i ysbryd y person ddod yn ôl i geisio help rhywun byw i ddod o hyd i'r corff a'i gladdu mewn mynwent eglwys neu gapel neu mynwent tref — mewn tir cysegredig. Mae gennym fwy nag un stori am ysbryd yn ymddangos er mwyn helpu pobl i ddod o hyd i drysor neu arian oedd wedi ei guddio gan y person tra'r oedd yn fyw. Dro arall bydd person oedd wedi arfer gweithio mewn adeilad arbennig yn methu â gadael y lle wedi iddo farw. Mae ei ysbryd yn dal i grwydro o gwmpas yn cadw llygad ar y lle o hyd. Mae enghreifftiau o'r math yma o ysbrydion i'w cael yng Nghlwyd.

Cawn hefyd hanesion am ysbrydion cythryblus — ysbrydion sy'n creu helynt — *poltergeists* sy'n symud pethau o gwmpas. Maent yn gallu gwneud bywyd yn anodd iawn i bobl — neu'n ddiddorol iawn, os oes gennych ddiddordeb mewn ysbrydion. Ac nid pethau fel mwg neu niwl gwyn yw ysbryd bob amser. Fwy nag unwaith cawn stori ysbryd o Glwyd lle mae'r ysbryd yn gwisgo dillad o liw arbennig, hwyrach fod ganddo liw gwallt arbennig hefyd. Cawn enghreifftiau o bobl yn siarad ag ysbryd o'r fath gan feddwl mai person byw sydd yno. Yr unig beth sy'n profi mai ysbryd sydd yno mewn gwirionedd yw'r ffordd mae'n diflannu o flaen llygaid y person byw.

Ambell dro, dim ond oerni ofnadwy sy'n dangos fod ysbryd mewn man arbennig. Dro arall mae pobl yn teimlo fod rhyw dristwch mawr mewn lle, fel pe bai rhywun wedi torri ei galon yno. Gall teimlad o'r fath fod mor ofnadwy nes bod rhaid mynd o'r lle ar unwaith gan fod yr ysbryd fel pe bai'n bygwth diogelwch y person byw. Ar adegau mae pobl wedi clywed sŵn crïo mewn hen adeiladau er nad oes neb yno. Dro arall, clywir sŵn traed yn cerdded drwy stafelloedd gwag. Cawn enghreifftiau o'r math yma o beth yng Nghlwyd.

Peidiwch â chredu mai dim ond ysbrydion pobl sydd i'w gweld yn ardaloedd Clwyd. Na wir, cawn hanes am ysbrydion anifeiliaid mewn nifer o fannau, cawn hanes am goets fawr a cheffyl a chart lledrithiol, ac unwaith eto mae rhai o'r hanesion yn hen a rhai yn newydd. Oes, mae pob math o ysbrydion wedi ymddangos ac yn ymddangos o hyd yng Nghlwyd. Os nad oes gormod o ofn arnoch erbyn hyn, beth am ddarllen ymlaen — a gadael i'r ysbrydion siarad drostynt eu hunain. . .

Ysbrydion y Cestyll

Yn y gorffennol, bu llawer o frwydro ac ymladd yng Nghlwyd. Gan fod cymaint o bobl wedi eu lladd o gwmpas cestyll y sir mae'n naturiol disgwyl fod ysbrydion yn crwydro rhwng llawer o'r hen furiau cerrig hyn. Mae sôn am ysbrydion ar safleoedd cestyll pren hefyd, cestyll sydd heddiw yn ddim ond twmpathau o bridd. Castell felly oedd ar Fryn y Beili, yr Wyddgrug. Mae hanes fod ysbryd milwr wedi ei weld yno. Yn sicr bu digon o frwydro o gwmpas y Beili yn yr hen ddyddiau. Wrth wneud lawnt i fowlio arni yn nhridegau'r ganrif hon daeth gweithwyr o hyd i sgerbwd dyn. Roedd llafn picell wedi trywanu cefn y milwr a'i ladd. Tybed ai ei ysbryd ef sy'n dal i grwydro ar y Beili yn y nos?

Mae rhai pobl yn credu fod ysbryd yng Nghastell y Fflint. Yn ôl yr hanes, ysbryd milwr yn chwarae drwm ydyw. Mae llawer o bobl y dref wedi ei weld yn cerdded ar ben twr yn y castell. Twr crwn yw hwn ac mae'n sefyll ar ei ben ei hun yn ymyl y castell. Dywedir bod unrhyw un sy'n clywed swn y drwm lledrithiol yma yn siwr o gael anlwc, damwain neu salwch yn ei deulu yn y dyfodol agos.

O holl gestyll yr ardal, yr un â mwyaf o ysbrydion ynddo ac o'i gwmpas yw Castell Eulo (*Ewloe* yw'r enw Saesneg). Hawdd credu hynny wrth weld tyfiant Coedwig Wepre yn cau amdano. Yn y twr sgwâr mae ffenest wag. Cred rhai pobl iddynt weld ysbryd gwraig mewn dillad o'r Canol Oesoedd yn edrych allan drwy'r ffenest. Yn ôl rhai, mae ganddi faban yn ei breichiau. Tybed beth oedd ei stori hi? Ysbryd arall sydd i'w weld yn y castell yw ysbryd milwr. Dywedir iddo ef syrthio i lawr grisiau cerrig y twr a chael ei ladd.

Hwyrach mai'r hanes rhyfeddaf am ysbrydion Castell Eulo yw hwnnw am ysbryd y lleian sy'n crwydro'r adfail. Yn ôl yr hanes roedd lleiandy yn y coed gerllaw'r castell. Lladdwyd nifer o'r lleianod. Dywed rhai pobl mai wedi eu claddu'n fyw ym

Castell y Fflint

Eulo

muriau'r castell roedd y lleianod druan. Does ryfedd fod ysbryd un ohonynt i'w weld yn ymyl y lle felly.

Yn wahanol i lawer o gestyll eraill Clwyd, nid adfail yw Castell Rhuthun. Mae llawer o bobl yn ymweld â'r castell i fwynhau gwledd o fwyd tebyg i'r math o beth oedd i'w gael mewn cestyll drwy Gymru ganrifoedd lawer yn ôl. Tybed faint o ymwelwyr â'r castell hardd hwn sy'n gwybod fod mwy nag un ysbryd wedi ei weld yma? Dywedir bod ysbryd milwr mewn arfwisg yn crwydro'r tir o gwmpas y castell. Yn sicr mae mwy nag un person wedi gweld ysbryd merch yn cerdded drwy'r stafelloedd yn yr adeilad. Un noson roedd llawer o ymwelwyr yn mwynhau'r wledd yn y neuadd fawr. Aeth un o'r merched oedd yn gweini ar yr ymwelwyr o'r neuadd i stafell arall. Wrth fynd gwelodd ferch mewn dillad llaes llwyd yn sefyll ar y grisiau. Gan fod llawer o'r merched oedd yn gweithio yn y castell hefyd yn gwisgo dillad llaes ni feddyliodd ddim am y peth. Gwelodd y ferch mewn llwyd yn cerdded i fyny'r grisiau ond wrth iddi ddringo dechreuodd ddiflannu'n raddol o flaen ei llygaid. Ni ddywedodd air wrth y merched eraill oedd yn gweithio yn y castell am yr hyn oedd wedi ei weld. Yna, ychydig amser wedyn, cafodd un arall o'r merched brofiad tebyg. Bu'r ddwy yn siarad â'i gilydd am y peth. Roeddent yn siŵr iddynt weld ysbryd merch yn y castell. Hwyrach ei bod yn dal i feddwl fod angen iddi weini ar yr ymwelwyr yn y neuadd fawr.

Castell gweddol newydd yw Castell Gwrych gerllaw Abergele. Cafodd ei adeiladu ym 1819. Ers hynny mae nifer o bobl wedi gweld ysbryd merch ifanc yn gwisgo dillad coch yn cerdded yn y gerddi yn ymyl yr adeilad. Dywed rhai mai ysbryd merch a gafodd ei lladd mewn damwain wrth farchogaeth ydyw. Credir iddi gael ei chladdu rhywle wrth ymyl y castell. Ni all ei hysbryd orffwys am nad yw'r corff wedi ei gladdu mewn mynwent. Pe gallai rhywun ddod o hyd i'w chorff a'i gladdu mewn tir cysegredig, yna hwyrach na byddai'r ysbryd i'w weld yng nghastell Gwrych. Dywedir ei bod yn edrych yn union fel person byw ond bod ei dillad braidd yn llaes a hen-ffasiwn. Yr unig adeg mae pobl yn sylweddoli eu bod yn edrych ar ysbryd yw pan fyddant yn gweld y ferch yn diflannu'n raddol o flaen eu llygaid.

Castell Gwrych — (Llun y 'Daily Post')

Pennod 2

Ysbrydion mewn Tafarnau

Mae llawer o dafarnau Clwyd yn gartrefi i ysbrydion. Hwyrach mai'r ysbryd mwyaf enwog yw ysbryd Daniel Owen, y nofelydd o'r Wyddgrug. Dywedir fod ei ysbryd wedi cael ei weld fwy nag unwaith yn nhafarn *Y Pentan*, yn Stryd Newydd yn y dref. Yn yr adeilad hwn yr oedd Daniel Owen yn arfer gweithio fel teiliwr flynyddoedd lawer yn ôl. Mae'n dal i ymweld â'r lle ac mae ei ysbryd wedi cael ei weld yn crwydro ar hyd y landin ar lawr ucha'r adeilad. Does dim amheuaeth nad ysbryd y nofelydd ydyw — mae'n dal i wisgo'i het — yn union fel yn y darluniau ohono a'r cerflun sydd o flaen y ganolfan a enwyd ar ei ôl.

Yn ardal yr Wyddgrug mae dwy dafarn o'r enw *Cross Keys* — un yn Llanfynydd a'r llall yn Rhosesmor — ac mae ysbrydion yn y ddau le.

Ysbryd merch ifanc sy'n achosi'r digwyddiadau rhyfedd yn Llanfynydd. Dywedir iddi fyw ganrifoedd yn ôl ar yr adeg pan oedd hen efail y drws nesaf i'r dafarn. Erbyn heddiw mae'r ddau adeilad wedi mynd yn un wrth i'r dafarn ehangu. Yn ôl yr hanes, roedd y ferch yn teithio mewn coets fawr a arhosodd yn Llanfynydd. Tra yno, daeth y ferch allan o'r goets a chafodd ei chicio'n ei phen gan geffyl. Bu farw ar unwaith. Nawr, ganrifoedd yn ddiweddarach, mae ei hysbryd yn aflonyddu ar gwsmeriaid y *Cross Keys*. Mae'r hen efail, lle bu'r ferch farw, bellach yn far snyg y dafarn. Yno bydd yr ysbryd yn chwarae triciau gyda'r goleuadau. Ambell dro bydd gwydrau yn symud ar eu pennau eu hunain.

Yn ôl y gred leol, os bydd yr ysbryd yn fywiog iawn yna bydd damwain yn siŵr o ddigwydd ar y drofa beryglus o flaen y dafarn. Rhywsut mae'r ysbryd yn ceisio rhybuddio eraill fod perygl iddynt hwy hefyd golli eu bywydau ger y *Cross Keys* yn Llanfynydd.

Nid un ysbryd ond tri sydd yn y *Cross Keys* yn Rhosesmor, uwchben Treffynnon. Mae rhai pobl wedi gweld ysbrydion ym

Daniel Owen
ar arwydd Tafarn y Pentan

maes parcio'r dafarn. Nid pawb sy'n gallu credu bod ysbrydion yno, ond nid oes gan y bobl sy'n cadw'r lle unrhyw amheuaeth. Maen nhw wedi gweld a chlywed gormod o bethau rhyfedd ac anodd i'w hesbonio. Un noson, roedd gwraig y dafarn yn smwddio ar y landin. Yn sydyn, dechreuodd y llenni oedd ar y ffenest symud fel pe bai gwynt cryf yn eu chwythu. Doedd dim hyd yn oed awel ysgafn y noson honno ac ar ben hynny roedd pob drws a ffenest wedi eu cau yn dynn.

Rai dyddiau wedi hynny, roedd y tafarnwr yn estyn am botel wisgi pan deimlodd law oer yn gafael yn dynn yn ei fraich. Aeth yn oer drwyddo. Ond doedd hynny yn ddim i'r ofn a deimlodd wrth gerdded ar hyd y landin yn hwyr iawn un noson. Roedd y gath yn ei ddilyn. Clywodd sŵn curo ar ddrws. Tybed oedd rhywun yn ceisio dod i mewn i'r dafarn yr adeg honno o'r nos? Gwrandawodd yn astud a chael fod y sŵn yn dod o stafell wely wag. Aeth at y stafell. Yn sydyn, agorodd y drws led y pen er nad oedd neb ar ei gyfyl, na dim i'w weld yno, a chlywodd sŵn fel lori fawr yn mynd heibio iddo. Dechreuodd y gath fewian yn ofnadwy ac roedd y gwrychyn ar ei chefn a'i chynffon yn sefyll i fyny'n syth. I goroni'r cwbwl, dechreuodd drws y stafell molchi agor a chau'n swnllyd bob yn ail. Roedd yr holl beth yn fwy brawychus am nad oedd neb ar ei gyfyl.

Roedd un digwyddiad arall a barodd fraw mawr i'r tafarnwr a rhai o'i gwsmeriaid. Roedd y bar yn llawn o bobl pan gododd hanner peint o gwrw ar ei ben ei hun oddi ar y bar. Teithiodd tua phedair troedfedd drwy'r awyr, yna trodd â'i ben i lawr gan dywallt y ddiod dros bob man. Dros y ffordd i'r dafarn mae'r eglwys a'r fynwent. Tybed a yw'r ysbrydion wedi colli eu ffordd — neu hwyrach eu bod wedi penderfynu fod mwy o hwyl i'w gael yn y dafarn nag yn y fynwent ac wedi gwneud eu cartref yno? Pwy â ŵyr.

Os oes ofn ysbrydion arnoch chi, yna gwell i chi beidio â mynd yn agos i dafarn y *Llew Glas* ym mhentref y Cwm ger Diserth. Mae dyn mewn dillad hen-ffasiwn wedi ei weld yno. Yn ôl yr hanes roedd y dafarn unwaith yn gartref i dad a dau frawd, flynyddoedd lawer yn ôl. Un noson dechreuodd y tri ffraeo. Clywodd pobl y pentref sŵn gweiddi uchel. Ychydig ddyddiau

Y Cross Keys, Llanfynydd

Tom Davies yn dyst i ddigwyddiad go annaearol
yn nhafarn yr ysbryd — (Llun 'Y Cymro')

wedi hynny, dywedodd y tad wrth bawb yn yr ardal fod ei fab, John Henry, wedi mynd i ffwrdd i wneud ei ffortiwn. Ni welodd neb y bachgen ifanc byth wedyn.

Ychydig flynyddoedd yn ôl, roedd perchennog y *Llew Glas* a'i wraig yn sicr eu bod yn gweld ysbryd yn y dafarn. Roedd y dyn yn gwisgo dillad hen-ffasiwn. Byddai'n sefyll yn y bar ac yna'n diflannu o flaen eu llygaid. Un diwrnod roedd gwraig y dafarn wrthi'n paratoi bwyd yn y gegin. Teimlai bod rhywun yn ei gwylio. Trodd i edrych pwy oedd yno. Er syndod iddi gwelodd mai'r ysbryd oedd yn sefyll yno yn edrych arni.

Roedd angen tipyn o waith ailadeiladu yn y dafarn yr adeg honno. Daeth dyn o'r ardal i weithio yno. Yn fuan wedi iddo ddechrau gweithio, dywedodd wrth y tafarnwr ei fod yn siŵr bod rhywun yn ei wylio yn gweithio ond nad oedd yn gallu gweld neb. Rhaid oedd i'r tafarnwr ddweud wrtho am yr ysbryd. O hynny ymlaen, bob tro y teimlai'r gweithiwr fod rhywun yn ei wylio, byddai'n arfer siarad â'r ysbryd a dweud wrtho yn union beth roedd yn ceisio'i wneud.

Tua dechrau'r ganrif hon, bu dynion yn clirio tipyn ar fynwent eglwys y Cwm. Mae'r eglwys a'r fynwent dros y ffordd i dafarn y *Llew Glas*. Mewn un man, daeth y dynion ar draws bedd â dau sgerbwd ynddo. Roedd un yn gorwedd mewn arch tra oedd y llall wedi ei gladdu heb arch ond wedi ei roi i orwedd ar glawr yr arch oedd yn y bedd yn barod. Tybed ai corff John Henry oedd yr un heb arch? A gafodd ei ladd wrth ffraeo gyda'i dad a'i frawd? A gafodd ei gorff ei gario i'r fynwent dros y ffordd i'w gartref a'i gladdu ar ben arch rhywun arall? Os mai dyma ddigwyddodd does ryfedd fod ysbryd John Henry yn methu â gorffwys. Tybed a yw'n dal i chwilio am ei dad a'i frawd yn ei hen gartref?

Ysbryd gwraig sydd i'w weld yn nhafarn y *Llindir*, yn Henllan. Yn ôl yr hanes, gwraig y tafarnwr oedd hi. Doedd y ddau ddim yn hapus iawn efo'i gilydd. Un diwrnod, gwylltiodd y tafarnwr cymaint nes iddo ei lladd. Daw ysbryd y wraig yn ôl o hyd i gerdded drwy'r hen adeilad. Rai blynyddoedd yn ôl aeth criw ffilmio i'r *Llindir*. Roeddent am wneud rhaglen deledu am yr ysbryd ac yn gobeithio cael llun o'r ysbryd ar y teledu. Aeth y

Y Cross Keys, Rhosesmor

Y Llew Glas, Cwm, ger Diserth

19

criw ffilmio i'r stafell lle roedd yr ysbryd yn ymddangos fwyaf aml. Roedd gwraig perchennog y dafarn ar y pryd yn siarad am yr ysbryd ac yn cael ei ffilmio. Yn sydyn ymddangosodd yr ysbryd. Rhoddodd y wraig sgrech ofnadwy. Fflachiodd golau rhyfedd yn yr ystafell. Pan ddangoswyd y rhaglen ar y teledu gwelodd miloedd o bobl ddarlun o ysbryd merch ar eu sgrin. Ni pharodd y llun ond am eiliad yna aeth popeth yn ddu. Roedd yr holl oleuadau yn y dafarn wedi diffodd a doedd dim posib mynd ymlaen i fflimio mwy y diwrnod hwnnw.

Ysbryd merch sydd i'w weld yng ngwesty'r *Owain Glyndŵr* yn nhref Corwen hefyd. Mae pobl wedi ei weld yn cerdded o un rhan o'r gwesty i'r llall, ond mae un stafell lle mae wedi ymddangos yn aml iawn, a gelwir y stafell hon yn 'stafell yr ysbryd'. Yn ôl y bobl sydd wedi ei weld mae'r ysbryd yn hardd iawn. Credir fod y ferch yn arfer dod i gyfarfod â'i chariad yn y gwesty flynyddoedd lawer yn ôl. Nid oedd neb yn gwybod eu cyfrinach. Aeth y ferch yno i gyfarfod â'i chariad un noson ond er iddi aros ac aros ni ddaeth ef ati. Cred rhai iddo gael ei ladd ond does neb yn hollol siŵr beth ddigwyddodd iddo. Torrodd y ferch ei chalon a bu farw. Mae ei hysbryd yn dal i grwydro drwy stafelloedd y gwesty yn chwilio am ei chariad.

Yn aml, os bydd rhyw newidiadau mawr neu ailadeiladu mewn tafarn neu westy, daw ysbryd neu ddau yno i weld beth sy'n digwydd. Rai blynyddoedd yn ôl, penderfynwyd newid llawer ar westy'r *Wynnstay Arms* yng nghanol tref Wrecsam. Cadwyd wal ffrynt yr adeilad fel ag yr oedd ond tynnwyd popeth arall i lawr ac ailadeiladu'r gwesty y tu ôl i'r wal honno. Tra bu dynion yn gweithio yno, cafodd sawl un brofiad rhyfedd. Roedd hen ŵr yn eu gwylio'n gweithio. Bob tro y byddai rhywun yn dweud rhywbeth wrtho, byddai'r hen ŵr yn diflannu.

Ar lan aber afon Dyfrdwy, mae pentref Talacre. Yn 1979, penderfynodd tafarnwr y *Talacre Arms* wneud maes parcio'r dafarn yn fwy. Er mwyn gwneud hyn, roedd rhaid iddo dynnu hen adeiladau i lawr. Yn fuan wedi hynny, dechreuodd pethau rhyfedd ddigwydd yn y dafarn. Roedd bylbiau'n syrthio o'r lampau. Wrth i'r bylbiau ddisgyn byddai'r golau'n dal i losgi

Tafarn y Llindir, Henllan

Tafarn Owain Glyndŵr, Corwen

ynddynt nes iddynt falu'n ddarnau ar y llawr. Yn ogystal, roedd rhywbeth neu rhywun anweledig yn tynnu peintiau o gwrw yn y bar pan nad oedd neb byw ar gyfyl y lle. Ambell dro, clywid sŵn y piano'n cael ei ganu er nad oedd neb i'w weld yn agos ato. Credai pawb fod ysbryd cythryblus yn y dafarn.

Mae anifeiliaid bob amser yn gallu gweld ysbrydion yn well na phobl. Roedd gan berchennog y *Talacre Arms* gi ond wedi i'r pethau rhyfedd ddechrau digwydd yn y dafarn, nid oedd yr anifail yn fodlon aros yn y lle. Nid oedd unrhyw gi arall yn fodlon mynd i mewn i'r adeilad chwaith. Un noson, llusgodd un o gwsmeriaid y dafarn ei gi i mewn i'r lle. Roedd cymaint o ofn ar y ci nes iddo neidio allan drwy ddrws gwydr a'i falu'n deilchion wrth geisio dianc. Cafodd yr anifail ei anafu'n ddrwg wrth wneud hynny. Dro arall, rhedodd ci allan o'r dafarn ac yn syth ar draws y lôn. Cafodd ei ladd gan gar yn y fan a'r lle. Yn sicr, roedd rhywbeth yn dychryn yr anifeiliaid hyn, rhywbeth anarferol iawn.

Cred rhai pobl bod ysbryd gwraig yn cerdded ar hyd y landin yng ngwesty'r *Glynne Arms*, Penarlâg. Clywir sŵn traed ysgafn yn cerdded ar hyd y landin cyn aros o flaen drws un llofft arbennig. Yna clywir sŵn curo ysgafn ar y drws. Mae pawb sydd wedi clywed hyn yn dweud fod arogl persawr cryf ar y landin yn union wedi'r sŵn traed a'r curo. Tybed ai ysbryd merch a fu'n gweithio yn y gwesty ers talwm sydd wedi methu â gollwng ei gafael ar y lle?

Ar y ffordd o Laneurgain i'r Fflint mae'r lôn yn mynd i lawr un allt ac yna i fyny un arall, yn ymyl Mynydd y Fflint. Ar y darn hwn o'r ffordd mae tafarn y *Coach and Horses*. Hawdd gweld pam y cafodd y lle ei enw. Mae'n siŵr fod angen gorffwys ar geffylau'r goets fawr ers talwm cyn mentro i fyny un o'r ddwy allt. Erbyn heddiw mae'r lôn yn esgus iawn i fodurwyr yrru'n gyflym. Dywedir bod nifer o ddamweiniau erchyll wedi digwydd yn ymyl y dafarn. Un tro lladdwyd dyn a dynes gan lori wrth iddynt ddod allan o'r dafarn. Ar adegau arbennig mae'r cwsmeriaid yn gweld ysbrydion y ddau yn sefyll ar ganol y ffordd. Yn sicr, mae angen cymryd pob gofal ar y ffordd wrth fynd heibio i'r *Coach and Horses*.

Y Talacre Arms

Y Glynne Arms, Penarlâg

Ar y ffordd o'r Wyddgrug i gyfeiriad Bodfari, mae pentref Afonwen. Yno mae tafarn y *Pwllgwyn*. Mae'n hen adeilad a darnau ohono yn dyddio'n ôl cyn belled â 1530, ac yn naturiol mae'n gartref i fwy nag un ysbryd. Mae nifer o gwsmeriaid y dafarn a'r bobl sy'n byw yno yn ddigon hapus i rannu'r lle efo ysbryd mynach sy'n crwydro o gwmpas yn aml. Gwelodd gwraig y perchennog y mynach yn eistedd wrth fwrdd yn y stafell fwyta. Roedd yn pwyso'i ddau benelin ar y bwrdd ac yn edrych fel pe bai'n siarad â rhywun. Gofynnodd gwraig y dafarn i un o'r merched oedd yn gweini os oedd rhywun wedi gofyn i'r mynach beth oedd am gael i'w fwyta. Roedd o'n edrych yn union fel person o gig a gwaed.

Mae'n wir fod mynachod yn arfer galw yn y dafarn ers talwm wrth deithio i Dreffynnon i ymweld â Ffynnon Gwenffrewi. Rhaid fod y mynach yma wedi cael croeso mawr yn y *Pwllgwyn* gan ei fod yn gwrthod gadael y lle. Yn ystod y Rhyfel Cartref roedd milwyr Cromwell yn galw yno'n gyson, hefyd.

Go brin fod 'na hen dafarn yn unllε yng Nghlwyd heb fod yna ysbryd yn crwydro o gwmpas y lle. Tybed ai ofn pechu yn erbyn yr ysbrydion hyn sy'n gwneud i ambell dafarn ddangos arwydd sy'n dweud *"We serve spirits here!. . ."*

Y Coach & Horses, Mynydd y Fflint

Pennod 3

Ysbrydion mewn Tai

Mae rhai pobl yn credu fod muriau tai yn gallu recordio'r hyn sy'n digwydd ynddynt. Ymhen blynyddoedd maith gall cyfrinachau'r gorffennol gael eu darganfod eto. Dyna un ffordd o esbonio pam fod ysbrydion yn ymddangos mewn ambell dŷ neu bethau anesboniadwy yn digwydd ynddynt. Pan fydd yr un tŷ yn cael eu werthu dro ar ôl tro cawn bobl yn holi 'Beth sy'n bod ar y lle? Mae o'n edrych yn dŷ braf iawn. Tybed oes 'na ysbryd yno?" Yn aml iawn maen nhw'n hollol gywir. . .

Cred rhai pobl bod tŷ o'r fath yn Llanferres, hanner ffordd rhwng Rhuthun a'r Wyddgrug. Does neb wedi gweld ysbryd yn y tŷ ond mae rhywbeth yn gwneud sŵn rhyfedd yn yr atig, sŵn fel tun gwag yn syrthio. Er chwilio a chwilio yno, does dim byd i'w weld a allai achosi sŵn o'r fath. Dyna sy'n gwneud y peth mor frawychus. Dydi anifeiliaid ddim yn hoffi'r tŷ chwaith. Unwaith, bu damwain car ar y ffordd o flaen y tŷ. Roedd gyrrwr y car wedi ei anafu ac aed ag ef i'r ysbyty. Roedd ci yn y car hefyd. Aeth y bobl oedd yn byw yn y tŷ â'r ci i mewn i aros i rywun ddod yno i'w nôl. Er ei fod yn iawn yn union wedi'r ddamwain, dechreuodd y ci grynu fel deilen unwaith yr aeth dros y rhiniog. Mynnai aros wrth y drws ffrynt.

Bob tro y bydd rhywun newydd yn dod i fyw i'r tŷ maent yn cael trafferth i gadw ci. Roedd aelodau un teulu wedi gorfod cael gwared â'u ci ar ôl iddynt ddod i lawr un bore a darganfod fod yr anifail wedi ymosod ar un o'r cadeiriau yn y lolfa a'i malu'n dipiau.

Mae un esboniad ar y pethau rhyfedd hyn. Ers talwm, tŷ tafarn oedd y tŷ. Roedd perchennog y dafarn yn gweithio dewiniaeth yno. Un diwrnod, bu farw'n sydyn iawn. Cred pobl bod rhyw rym rhyfedd yn y tŷ o hyd yn aros i'r dewin ei ddefnyddio. Y grym yma sy'n gyfrifol am y pethau od sy'n digwydd yno.

Cafodd teulu o ardal Penarlâg brofiad sy'n dangos fod yr hyn ddigwyddodd ganrifoedd yn ôl yn gallu dod i'r amlwg heddiw. Yn yr achos hwn, defnyddiwyd cyfrifiadur gan yr ysbryd i ddweud ei neges wrth y teulu oedd yn byw ar safle ei hen gartref. Pan symudodd y teulu i fyw i'r tŷ, aed ati i adnewyddu'r hen fwthyn. Gwyddai'r perchennog lawer am hanes lleol a gwyddai fod y tŷ yn hen a bod adeilad wedi bod ar y safle am gannoedd o flynyddoedd. Dechreuodd amau fod ysbryd yno yn fuan wedi i'r teulu symud i fewn. Roeddent wedi paentio wal mewn un stafell. Ymhen ychydig amser, roedd ôl traed ar y mur fel pe bai rhywun wedi cerdded i fyny'r wal. Ailbaentiwyd y mur ond daeth yr olion traed yn ôl yn syth wedyn. Fwy nag unwaith daeth y teulu i lawr i'r gegin yn y bore i weld fod popeth wedi cael ei dynnu allan o'r cypyrddau a'u gosod ar bennau ei gilydd fel tŵr mawr. Dro arall, gwelwyd fod math o sgrifen mewn sialc ar biler o frics yn y tŷ.

Ond hwyrach mai'r peth rhyfeddaf a ddigwyddod oedd y neges ddaeth ar y cyfrifiadur. Roedd pawb wedi bod allan un diwrnod ond roedd y cyfrifiadur wedi ei adael ymlaen. Pan ddaeth y teulu adref roedd neges wedi ei theipio ar y sgrin. Dyma oedd dechrau eu sgwrsio gyda'r ysbryd. Wedi nifer fawr o negeseuon, daeth stori'r ysbryd yn fwy clir. Dywedodd mai ef, yn 1546, oedd perchennog y tir yr adeiladwyd y tŷ arno. Roedd yn defnyddio Saesneg hen ffasiwn iawn. Dywedodd lawer o bethau diddorol wrthynt, pethau nad oeddent yn gwybod amdanynt o'r blaen. Disgrifiodd pa fath o anifeiliaid oedd ganddo ar ei fferm, er enghraifft. Wedi mynd ati i astudio hen ddogfennau gwelwyd fod llawer o'r hyn oedd gan yr ysbryd i'w ddweud yn wir. Er hynny, roedd yn ysbryd anhapus a chythryblus iawn. Byddai dodrefn yn cael eu symud yn aml a matiau a llyfrau yn cael eu taflu o gwmpas. Unwaith, tynnwyd popeth o'r rhewgell a gadawyd y bwyd mewn pentwr mawr ar ganol llawr y gegin.

Rai blynyddoedd yn ôl, cafodd pâr ifanc brofiadau digon rhyfedd ar ôl iddynt symud i dŷ ym Mostyn. Roedd popeth yn y tŷ teras wrth eu bodd ar wahân i un peth — roedd hi bob amser yn oer iawn ar ben y landin. Aeth y gŵr drwy'r drws bach ar ben y landin i'r atig i gael gweld os oedd twll yn y to neu rhywbeth o'i le yno ond doedd dim byd i'w weld o gwbl. Er hynny roedd gwynt oer yn dal i ddod i lawr o'r atig hyd yn oed yng nghanol tywydd poeth yn yr haf. Peth od arall oedd fod y drws bach i'r atig yn agor ar ei ben ei hun. Er iddo gael ei gau yn dynn byddai wedi symud o'i le ymhen ychydig amser. Ar ôl dwy flynedd o fyw yn y tŷ cafodd y gŵr swydd arall a bu'n rhaid iddynt symud o'r ardal i ran arall o Glwyd. Gwerthwyd y tŷ heb unrhyw drafferth. Ar y diwrnod roedd y ddau'n symud allan, daeth y ddynes drws nesaf i ddweud ffarwel wrthynt. Gofynnodd a oeddent wedi bod yn hapus yn y tŷ. "Do," atebodd y wraig, "ar wahân i un peth. Mae bob amser yn andros o oer ar ben y grisiau, hyd yn oed yn yr haf."

"Dyna beth od," atebodd y ddynes drws nesaf, "mae mwy nag un teulu wedi cwyno am hynny. Rai blynyddoedd yn ôl, roedd hen ŵr a hen wraig yn byw yn y tŷ. Roeddent wedi byw yno ers dros bum deg o flynyddoedd. Pan fu'r hen wraig farw, roedd ei gŵr yn ddigalon iawn. Fe agorodd y drws bach i'r atig a chlymu rhaff wrth fachyn ar un o ddistiau'r to. Rhoddodd y rhaff am ei wddw ac yna neidio. Fe ddaeth yr heddlu o hyd iddo yn crogi ar ben y grisiau. . ."

Mae'n ymddangos bod digwyddiad trist yn gallu gadael ei ôl ar dai, nid dim ond hen dai ond tai gweddol newydd hefyd. Cafodd teulu o Lansannan brofiadau rhyfedd iawn wedi iddynt symud i dŷ cyngor yn y pentref. Roedd angen bylbiau newydd yn aml iawn yno. Roedd dillad yn cael eu symud o un man i'r llall. Bu'n rhaid iddynt roi ci'r teulu i rywun arall am ei fod yn mynd yn ffyrnig am ddim rheswm ambell dro. Yn ôl y bobl leol, roedd dyn wedi ei ladd ei hun yn y tŷ ychydig flynyddoedd ynghynt ac roedd mwy nag un teulu wedi methu ag aros yno.

Clywed plant yn crïo wnai pobl mewn tŷ cyngor yn Ninbych. Fwy nag unwaith, aeth y fam i'r llofft yn y nos i weld beth oedd yn bod ar ei phlant. Wedi cyrraedd yno, roedd yn gweld bod y plant yn cysgu'n drwm. O'r llofftydd y deuai'r sŵn crïo bob tro. Ar ôl peth amser, dechreuodd plant y teulu siarad am y bachgen a'r ferch fach oedd yn dod i chwarae efo nhw yn y llofft. Roeddent yn eu gweld yn y bath hefyd. O'r diwedd aeth y fam at y cyngor gan ddweud ei bod yn siŵr bod ysbrydion yn y tŷ, a'i

Llansannan

Dinbych

bod yn poeni am ddiogelwch ei phlant ei hun. Roedd yn disgwyl i bobl chwerthin am ei phen ond wnaeth neb. Cafodd dipyn o syndod o ddeall fod dau blentyn bach wedi boddi yn y bath yn y tŷ nifer o flynyddoedd ynghynt.

Yn 1986, gofynnodd pâr ifanc oedd yn byw ym Mhrestatyn i'r Cyngor am gael symud o'u cartref yn y dref. Roedd ganddynt blentyn ifanc ac yn fuan wedi i'r baban gael ei fedyddio, dechreuodd pethau rhyfedd ddigwydd. Yn ystod y dydd, roedd sŵn traed i'w glywed yn crwydro drwy'r stafelloedd. Yn y nos roedd drysau'n cau ac agor gan wneud sŵn ofnadwy — er bod pob un wedi ei gloi'n ddiogel. Roedd ci'r teulu yn ceisio cuddio mewn cornel o'r stafell fyw. Roedd yn gwrthod bwyta gan fod cymaint o ofn arno. Un o nifer o fflatiau mewn tŷ go fawr oedd cartre'r teulu ac roedd rhai o denantiaid eraill y fflatiau wedi cael profiadau tebyg hefyd. Daeth dau offeiriad yno i ddweud gweddïau gan obeithio y byddai'r ysbryd yn gadael llonydd i'r rhai oedd yn byw yno.

Cafwyd hanes am ysbrydion yn un o fflatiau'r Cyngor yn y Waun, (*Chirk*) yn ystod y pumdegau. Roedd y fflatiau wedi cael eu codi ar safle carchar i filwyr o'r Almaen a'r Eidal yn ystod yr Ail Ryfel Byd. Roedd un stafell wely yn enwedig, lle roedd pawb oedd yn cysgu ynddi yn deffro yn ystod y nos wedi dychryn yn ofnadwy er na allent ddweud beth oedd wedi eu dychryn. Roedd un wraig yn teimlo cymaint o ofn yn y stafell fel na allai symud na llaw na throed. Teimlai ei bod ar fin llewygu. Dechreuodd holi pobl eraill oedd wedi byw yn y fflatiau i weld beth oedd eu profiadau hwy. Dwedodd rhai bod sŵn rhyfedd i'w glywed yno. Soniodd eraill am arogl od. Roedd tapiau yn agor a chau yn y stafell molchi a'r gegin pan nad oedd neb yn agos atynt. Roedd rhai pobl yn credu iddynt weld ysbryd tebyg i nyrs yno a hefyd ysbryd dyn tenau, gwelw. Wrth holi mwy daeth hanes diddorol i'r golwg. Roedd milwr o'r Eidal wedi marw yn y stafell ar ôl salwch hir a phoenus, ac roedd dynes wedi bod yno yn gofalu amdano yn ystod ei salwch olaf.

Ym mhentref Penarlâg, mae rhes o dai o flaen wal stad Castell Penarlâg. Mae rhywbeth digalon iawn ynglŷn â'r tai hyn. Dywed rhai pobl eu bod wedi cael teimlad annifyr iawn wrth

Tai ym Mhenarlâg

edrych ar y tai fel pe bai rhywun trist iawn wedi byw yno. Yn ôl yr hanes roedd gwraig weddw a'i mab yn byw yn un o'r tai. Aeth y bachgen i chwarae yn ymyl y felin ddŵr oedd yn y pant yn agos i'w gartref. Syrthiodd o dan yr olwyn ddŵr a boddodd. Ychydig amser wedi hynny, bu ei fam farw. Roedd wedi torri ei chalon. Yn ôl un teulu sy'n byw mewn tŷ yn y stryd, mae sŵn traed i'w glywed yn cerdded i fyny ac i lawr y grisiau er bod pawb yn eistedd yn y stafell fyw. Mae goleuadau yn diffodd yn aml ac mae sŵn lleisiau i'w clywed yn y seler hefyd.

Nid peth newydd ydi clywed hanes am ysbrydion cythryblus mewn tai a ffermdai yng Nghlwyd. Cafwyd nifer o hanesion am bethau a ddigwyddodd bron i ddau gant o flynyddoedd yn ôl. Y peth diddorol ydi bod ysbrydion heddiw wedi dysgu sut i falu bylbiau trydan a gweithio cyfrifiaduron. Yn y gorffennol, hefyd, roedd ganddynt fwy nag un ffordd o wneud eu hunain yn amlwg.

Yn ardal Treuddyn mae fferm y Ffrith. Roedd y gweision a'r morwynion yno yn siŵr bod ysbryd cythryblus yn y lle. Pan oedd y merched yn gwneud menyn neu gaws, byddai'r ysbryd yn taflu baw i ganol yr hufen. Roedd y llestri yn y gegin yn cael eu taflu o gwmpas a'u malu'n deilchion. Roedd yr un math o beth yn digwydd yn y Rheithordy yn Llandegla. Yno, roedd yr ysbryd yn poeni'r teulu a'r gweision bob nos. Yn Tŷ Mawr, Bryneglwys, wedyn roedd ysbryd yn pinsio'r teulu, y gweision a'r morwynion. Yn mis Rhagfyr 1812, cafwyd hanes am ysbryd cythryblus ym Modeugan, ger Llanelwy. Malwyd llawer o lestri a thaflwyd baw moch, brics a dŵr at y teulu. Yn y nos, fyddai neb yn cael cysgu gan fod rhywbeth anweledig yn cicio a phinsio pawb ac yn tynnu'r dillad gwely i'r llawr. Yn aml byddai'n rhaid cael help offeiriad neu weinidogion i ddelio â'r ysbrydion hyn. Hyd heddiw bydd galw arnynt ambell dro i geisio cael gwared ar ysbrydion cythryblus drwy gynnal gwasanaeth i allfwrw'r ysbryd o dŷ ac i fendithio'r adeilad a phawb sy'n byw ynddo. Oes, mae ysbrydion cythryblus yng Nghlwyd heddiw fel yn y gorffennol pell.

Un o'r straeon ysbryd mwyaf diddorol yng Nghlwyd yw honno am ysbryd Tŷ'r Felin, Llanynys, stori lle mae'r ysbryd yn helpu i ddal ei lofrudd ei hun.

Flynyddoedd maith yn ôl, roedd dyn yn teithio yn Nyffryn Clwyd pan ddaeth yn nos cyn iddo gyrraedd pen ei daith. Roedd yn agos i Lanynys a gofynnodd am lety yn Nhŷ'r Felin. Dywedodd y perchennog wrtho fod y tŷ yn un bach iawn, gyda dim ond dwy stafell wely, bod ysbryd yn un o'r llofftydd a bod neb byth yn cysgu yno. Atebodd y teithiwr ei fod wedi blino cymaint fel na allai'r un ysbryd ei gadw'n effro ac y byddai'n fwy na bodlon cysgu yn y llofft honno.

Aeth y dyn i'r gwely ond ymhen ychydig gwelodd yr ysbryd yn cerdded o gwmpas y llofft. Roedd ei ddillad yn dangos mai Iddew ydoedd, un a arferai fynd o gwmpas y wlad yn gwerthu nwyddau o bob math. Cododd y teithiwr o'i wely ac agor y drws i'r ysbryd gael mynd allan o'r stafell. Aeth yr ysbryd i lawr y grisiau a dilynodd y teithiwr ef allan o'r tŷ, ac i'r buarth, lle gwelodd y dyn yr ysbryd yn diflannu fel pe bai'r ddaear wedi ei lyncu.

Ceisiodd y teithiwr gael gafael ar ei gwsg unwaith eto ond ni chafodd lonydd. Y munud y rhoddodd ei ben ar y gobennydd ymddangosodd yr ysbryd, felly cododd y dyn unwaith eto, agorodd ddrws y llofft, dilynodd yr ysbryd i lawr y grisiau i'r buarth a'i weld yn diflannu'r eildro. Aeth y dyn i'w wely y trydydd tro, ond eto ni chafodd gysgu. Unwaith eto, bu'n rhaid iddo ddilyn ysbryd yr Iddew i lawr i'r buarth ac erbyn hyn roedd y teithiwr yn sicr fod yr ysbryd yn ceisio dangos iddo fod ei gorff yn gorwedd yn rhywle o flaen y tŷ. Wedi'r trydydd tro, cafodd y dyn lonydd i gysgu.

Cododd yn gynnar fore drannoeth ac aeth i chwilio am blismon. Dywedodd hanes yr ysbryd wrtho. Aeth y ddau ati i gloddio ar fuarth Tŷ'r Felin ar yr union fan lle roedd yr ysbryd wedi diflannu. Ychydig o dan yr wyneb, daeth y ddau o hyd i gaead pren dros geg ffynnon. Wedi codi'r caead gwelwyd bod corff yn gorwedd yn y ffynnon. Ar ôl i'r corff gael ei ddarganfod, cyfaddefodd perchennog Tŷ'r Felin fod yr Iddew wedi aros noson yno a'i fod wedi dwyn ei nwyddau oddi arno. Pan welodd hwnnw fod ei nwyddau wedi diflannu dechreuodd ymladd â'r lleidr ac yn y sgarmes, lladdwyd yr Iddew a'i daflu i'r ffynnon. Gwyddai'r llofrudd mai mater o amser yn unig oedd hi tan y byddai rhywun yn ddigon dewr i gysgu yn y llofft ac i'r ysbryd ddangos iddo'r fan lle roedd ei gorff. . . Wedi claddu'r Iddew druan mewn tir cysegredig, cafodd ei ysbryd orffwys hefyd.

Yn ardal Brynffordd, mae ffermdy Llwynerddyn — ffermdy a adeiladwyd yn amser Elisabeth y Cyntaf. Does dim amheuaeth gan y bobl sy'n byw yno bod yna ysbryd yn y lle. Cred rhai mai ysbryd y dyn a adeiladodd y lle ydyw. Mae'n edrych yn real iawn, yn union fel person byw, ond bod ei ddillad yn hen-ffasiwn iawn. Mae mor real nes bod gwraig y tŷ fferm wedi llwyddo i wneud llun o'r ysbryd, llun sy'n dangos ei wyneb yn glir iawn. Mae'r ysbryd a'r teulu yn cydfyw'n ddigon hapus. Yr unig arwydd fod yr ysbryd yn mynd i ymddangos yw oerni sydyn — a'r ci yn chwilio am rhywle i guddio!

Nid mewn adeiladau yn unig mae ysbrydion yn ymddangos, wrth gwrs — gellir eu gweld mewn gerddi hefyd. Dyna oedd profiad dyn o ardal yr Wyddgrug aeth i weithio i'r Rhyl pan yn fachgen ifanc. Roedd llawer o bobl ifanc heb waith yr adeg honno. Gwelodd dŷ mawr ar gyrion y Rhyl a golwg ofnadwy ar yr ardd. Aeth i'r tŷ a chynnig gwneud rhywbeth i'r lle. Roedd y teulu'n falch o'i help. Wrth weithio yn yr ardd un diwrnod, gwelodd hen wraig yn cerdded â basged ar ei braich yn ymyl y coed rhosod. Dwedodd 'Sut ma'i' wrthi ond chymerodd hi ddim sylw ohono. Gwelodd hi wedyn, fwy nag unwaith. Ar ôl i'r gwaith orffen, aeth y bachgen at y tŷ i gael ei gyflog. Gofynnodd pwy oedd yr hen wraig a fu'n dod i'r ardd i'w wylio'n gweithio. Edrychodd y gŵr a'r wraig ar ei gilydd mewn syndod pan glywodd y ddau ddisgrifiad y bachgen o'r hen wraig. 'Mam oedd hi', atebodd y wraig, 'roedd hi'n hoff iawn o'r ardd. Dydan ni ddim wedi gofalu'n iawn am y lle wedi iddi hi farw'r flwyddyn diwethaf'.

Oes, mae ysbrydion o bob math yng nghartrefi Clwyd. Mae ambell un yn diolch i bobl am ofalu am ei hen gartref ond eraill yn methu â gollwng gafael ar y lle ac yn gallu bod yn dipyn o broblem ar adegau. Tybed a oes ysbryd yn byw rhywle yn agos atoch chi?

Ysbrydion y Plastai

Fel sawl sir arall yng Nghymru, mae gan Clwyd nifer fawr o hen blastai hardd a llawer o hanesion am ysbrydion ynddynt neu ar y tiroedd o'u cwmpas. Mewn ambell le, ceir mwy nag un ysbryd am fod pobl wedi byw a marw yn y plastai hyn ers canrifoedd.

Plasty bach ym mhentref Llanasa yw Henblas. Cafodd ei adeiladu yn 1645. Mae nifer o bobl wedi gweld ysbryd hen wraig yno. Ar un adeg bu carcharorion rhyfel o'r Almaen yn aros yn y tŷ, a gwelodd nifer ohonynt hwy yr hen wraig. Doedd y milwyr ddim yn ei hoffi o gwbwl. Yn ôl un stori yn yr ardal, doedd hithau ddim yn hoffi'r milwyr chwaith am nad oedd hi yn deall eu hiaith!

Yn weddol ddiweddar, daeth teulu newydd i fyw i Henblas. Roedd pob un o'r teulu'n cysgu yn y stafelloedd gwely yng nghefn y tŷ — pawb ond un o'r merched. Roedd hi'n mynnu cysgu mewn stafell fach uwchben y drws ffrynt. Pan ofynnodd ei mam iddi pam ei bod mor hoff o'r stafell, meddai "Pan fydda i'n deffro yn y bore mae hen ddynes fach yn eistedd ar y gadair wrth y ffenest ac yn gwenu arna i. Rwy'n ei hoffi hi ac mae am i mi gysgu yma i fod yn gwmni iddi."

Cred arall yn yr ardal yw y bydd ceffylau a choets fawr ledrithiol yn ymddangos ar y ffordd o flaen Henblas bob hyn a hyn. Wedyn, bydd y ceffylau a'r goets yn cael eu gyrru gan yrrwr anweledig drwy'r giatiau at y tŷ. Os bydd rhywun yn gweld y ceffylau a'r goets credir y bydd y person hwnnw yn siŵr o farw yn fuan wedi hynny. Un haf, daeth dyn o Loegr i aros gyda'i ffrindiau ar faes carafanau yn yr ardal ac aethant am dro i Lanasa. Wrth fynd drwy'r pentref gwelodd y dyn goets fawr a cheffylau o flaen Henblas ond ni soniodd am y peth wrth ei ffrindiau. Wedi cyrraedd tafarn y *Llew Coch*, gofynnodd i'r tafarnwr os oedd cwmni yn gwneud ffilm yn y pentref. "Nac oes, dydw i ddim yn meddwl," atebodd y tafarnwr. "Pam?" "Gofyn wnes i am i mi weld ceffylau a choets fawr o flaen tŷ

Henblas, Llanasa

mawr i fyny'r allt,'' atebodd y dyn. Ni ddywedodd y tafarnwr air wrtho. Aeth ychydig wythnosau heibio a daeth ffrindiau'r dyn yn ôl i Lanasa a mynd i'r dafarn am ddiod. Gofynnodd y tafarnwr iddynt ble roedd eu cyfaill. Atebodd y ddau yn drist ei fod wedi marw'n sydyn ychydig ddyddiau ar ôl mynd adref o'i wyliau.

Yn ymyl yr Wyddgrug mae Plas Coedllai. O'i flaen mae'r giatiau gwyn enwog. Yn ôl yr hanes dywedir na wnaeth perchennog Plas Coedllai dalu'n llawn am gael gwneud y giatiau. O ganlyniad, dywedir bod ysbryd y crefftwr a'u gwnaeth yn gyrru drwyddynt mewn trol a cheffyl am hanner nos ar noson Calangaeaf. Mae'n gyrru i fyny at y plas gan obeithio cael ei dalu am orffen y giatiau bendigedig.

Mae stori ddiddorol arall am y lôn yn ymyl y Giatiau Gwynion. Tua dechrau'r ganrif hon, roedd glöwr yn cerdded i'w waith mewn pwll glo yn yr Wyddgrug. Wrth fynd i lawr yr allt tuag at y giatiau, gwelodd ysbryd ceffyl gwyn yn croesi'r ffordd o'i flaen a diflannu i'r gwrych yn ymyl y giatiau. Roedd y dyn yn siŵr fod gweld y ceffyl lledrithiol yn anlwcus iawn. Yn lle mynd ymlaen i'w waith, aeth yn ôl adref. Y diwrnod hwnnw bu damwain ddrwg yn y pwll a lladdwyd llawer o ffrindiau'r dyn. Roedd ysbryd y ceffyl gwyn wedi arbed ei fywyd.

Wrth fynd ar hyd y ffordd o'r Wyddgrug i gyfeiriad Wrecsam, rhwng Pontbleiddyn a Chaergwrle gellir gweld Plas Teg. Adeiladwyd y plas tua 1610. Er ei fod yn adeilad hardd iawn, nid lle hapus yw Plas Teg. Fwy nag unwaith mae'r tŷ wedi bod yn wag am gyfnodau hir. Rai blynyddoedd yn ôl roedd tyllau mawr yn y to. Ar hyn o bryd mae wedi cael ei adnewyddu a gall pawb fynd o gwmpas y plas i weld lle mor ddiddorol ydyw.

Mae nifer o'r rhai sydd wedi gweithio yn y plas wedi gweld ysbrydion yno. Maent hefyd wedi gweld a chlywed pethau rhyfedd iawn. Tua phump o'r gloch un prynhawn, ar ôl i'r ymwelwyr adael y plas, roedd dwy o'r merched sy'n arwain ymwelwyr o gwmpas y lle yn sefyll a sgwrsio ar ben y grisiau. Wrth edrych i lawr y grisiau, gwelodd un ohonynt wraig mewn dillad hir — clogyn llwyd a ffrog las — yn sefyll yno. Dywedodd

Giatiau Gwynion, Coedllai

Plas Teg

wrth y llall am edrych i lawr y grisiau a dweud beth roedd yn ei weld.

"Dynes mewn clogyn llwyd a ffrog las," oedd yr ateb.
Wrth i'r ddwy edrych arni mewn syndod, diflannodd y wraig yn raddol.

Tra oedd y plas yn cael ei adnewyddu dim ond un toiled yn yr holl dŷ oedd yn gweithio. Roedd yn rhaid mynd trwy un stafell arbennig ar y llawr uchaf i gyrraedd yno. Un diwrnod, roedd un gweithiwr yn mynd drwy'r stafell pan deimlodd ias oer yn cerdded i lawr ei gefn. Roedd fel pe bai rhywun neu rhywbeth cas iawn yno. Cafodd y dyn fraw ofnadwy ond ni ddywedodd o'r un gair wrth neb. Tua phythefnos wedi hynny, digwyddodd yr un peth yn union i weithiwr arall. Pan fydd ymwelwyr yn dod i weld y plas, mae mwy nag un ohonynt wedi gwrthod mynd i mewn i'r ystafell hon. Mae bob amser yn oerach na'r ystafelloedd eraill. Dywedir fod merch wedi marw ar ôl neidio allan drwy'r ffenest yn yr ystafell hon. Byddai wedi cael ei lladd ar unwaith gan fod y stafell ar y trydydd llawr. Mae ei hysbryd yn dal i grwydro'r rhan yma o'r tŷ.

Ceir stori arall am ferch yn marw mewn ffordd drist ym Mhlas Teg. Roedd hi'n ferch i berchennog y plas ac yn gyfoethog. Syrthiodd hi mewn cariad â bachgen ifanc tlawd o'r ardal. Doedd ei rhieni hi ddim am iddynt briodi. Roeddent am i'r ferch briodi hen ŵr cyfoethog o Loegr. Fel sawl un arall o'u blaen, penderfynodd y ddau gariad redeg i ffwrdd gyda'i gilydd. Rhoddodd y ferch ei holl dlysau aur a'i gemau gwerthfawr mewn blwch pren. Yn y nos, aeth at y ffynnon yn ymyl y plas. Plygodd dros ochr y ffynnon a thynnu carreg yn rhydd o'r mur. Gwthiodd y blwch a'r tlysau ynddo i'r bwlch ac yna rhoddodd y garreg yn ôl. Credai y gallai ddod yno i nôl y tlysau pan oedd hi'n barod i redeg i ffwrdd gyda'i chariad. Yna, rhywsut, digwyddodd damwain erchyll: syrthiodd y ferch i'r ffynnon a boddi. Torrodd ei chariad ei galon. Fe ddaeth ei deulu o hyd iddo yn crogi ar goeden yn ymyl y plas. Dywedir fod ysbrydion y ddau gariad yn dal i grwydro o gwmpas y lle.

Mae sawl modurwr wedi cael profiad od ac ofnadwy wrth yrru

Grisiau Iacobeaidd, Plas Teg

ar hyd y ffordd yn ymyl Plas Teg. Gwelodd un gyrrwr ferch yn cerdded ar draws y ffordd o'i flaen. Ni allodd arafu'r car yn ddigon buan a gwyddai ei fod yn mynd i'w tharo. Er mawr syndod iddo, llithrodd y car drwyddi heb unrhyw sŵn na rhwystr. Mor fuan ag y medrai arhosodd y gyrrwr ar ymyl y ffordd a mynd yn ôl i chwilio amdani ond doedd neb na dim i'w weld. Ar adegau eraill, mae gyrwyr wedi gweld ysbryd dyn ar gefn ceffyl gwyn yn croesi'r ffordd ac wedi gyrru'n syth drwyddynt.

Ceir stori am ysbryd dyn ar gefn ceffyl gwyn yn cael ei weld gan dri dyn lleol yn ymyl Plas Teg. Roedd y tri yn mynd adref heibio'r plas ar ôl bod yn hela. Yn sydyn, daeth dyn ar gefn ceffyl gwyn i'w cyfarfod. Nid dyn a cheffyl cyffredin oeddent. Roedd y dynion yn gallu gweld drwy'r ddau. Roedd y ceffyl yn wyllt a'i garnau'n chwipio'r awyr o'i cwmpas. Roedd y tri dyn wedi cael ofn mawr. Yna, yn sydyn, diflannodd y ceffyl a'r dyn.

Yn ôl un hanes, roedd morwyn yn gweithio ym Mhlas Teg ar un adeg a bu hi farw mewn ffordd drist iawn. Roedd hi wedi darganfod fod un o'r gweision yn dwyn oddi ar y meistr. Roedd am fynd i ddweud wrtho am y gwas pan fyddai'n dod adref mewn ychydig ddyddiau. Y noson honno, aeth allan am dro yn ymyl y plas. Daeth dyn ar gefn ceffyl heibio. Carlamodd at y ferch a'i tharo i lawr, ac fe'i lladdwyd gan garnau'r ceffyl. Cred rhai mai ysbryd y ferch yma sy'n croesi'r ffordd a bod y dyn ar gefn y ceffyl yn ceisio ei dal a'i lladd. Mae hithau'n dal i geisio dianc o'i afael.

Yn ystod ei hanes hir gwelodd Plas Teg lawer o bethau trist. Os oedd rhywun tlawd yn dwyn dafad, byddai'n cael ei gymryd i'r llys barn oedd yn cael ei gynnal yno. Os oedd y person yn cael ei farnu'n euog o ddwyn byddai'n cael ei gymryd o'r stafell lle roedd y llys yn cyfarfod i'r stafell agosaf ati. Yn y stafell honno, byddai'n gorfod sefyll ar ddrws yn y llawr. Wedi clymu rhaff am ei wddw a hongian y rhaff ar fachyn yn y nenfwd, byddai rhywun yn taro'r llawr. Byddai'r drws yn y llawr yn cael ei agor yn syth gan rywun a'r dyn yn syrthio drwyddo ac yn cael ei grogi. O dan y stafell grogi mae math o seler, stafell gyda bariau

Ffagnallt

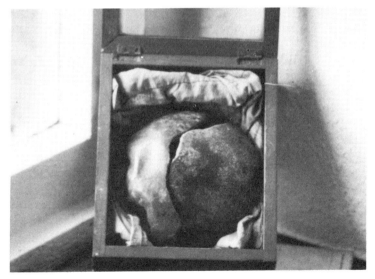

Penglog Ffagnallt

ar y ffenest. Yma byddai'r dynion yn syrthio wrth gael eu crogi. Mae drws yn arwain o'r seler i'r ardd wrth ochr y tŷ. Byddai teuluoedd y dynion a grogwyd yn dod at y drws i nôl eu cyrff i fynd â nhw i'w claddu. Do, fe welwyd llawer digwyddiad trist iawn ym Mhlas Teg. Does ryfedd fod y lle mor llawn o ysbrydion.

Er bod perchnogion y lle wedi cadw anifeiliaid yno dros y blynyddoedd, does yr un anifail yn barod i fentro i fyny'r grisiau yn y plas — ddim hyd yn oed cŵn anferth. Hwyrach bod ofn yr ysbrydion arnynt. Yn aml, clywir sŵn traed yn cerdded drwy'r stafelloedd ar y llawr uchaf yng nghanol nos, pan nad oes neb yno. Un noson, roedd gwraig yn gosod llenni newydd ar ffenestri ar y llawr uchaf un. Doedd neb arall yn y tŷ ar y pryd. Wedi gosod y llenni, symudodd yn ôl am funud i edrych arnynt. Yn sydyn, gwelodd gysgod dyn yn symud ar draws y llenni. Edrychodd y tu ôl iddi — ond doedd neb yno! Oes, mae angen rhywun dewr iawn i gysgu noson ym Mhlas Teg — yn enwedig heb gwmni. Ar hyn o bryd mae'r plas ar werth unwaith eto.

Mewn plasty arall yn ymyl Rhosesmor, uwchben Treffynnon, mae darnau o benglog dynol mewn bocs arbennig ac mae hanes diddorol am y lle. Dywedir bod Ffagnallt wedi bod yn gartref i deulu pwysig yn yr ardal am ganrifoedd lawer. Cafodd y tŷ cyntaf ar y safle ei adeiladu dros saith gant o flynyddoedd yn ôl. Nid oes neb yn hollol siŵr penglog pwy sydd yn Ffagnallt. Cred rhai mai penglog Dafydd, brawd Llywelyn ein Llyw Olaf ydyw. Yn ôl yr hanes, gofynnodd y tywysog i'w benglog gael ei gadw yn Ffagnallt ar ôl iddo farw gan ei fod bob amser yn mwynhau ymweld â'r teulu yno. Roedd gan Dafydd gastell yng Nghaergwrle, heb fod ymhell o'r Wyddgrug. Beth amser wedi i Dafydd gael ei ladd drwy dorri ei ben i ffwrdd, a rhannu ei gorff yn ddarnau, daeth rhywun â'r benglog yn ôl i Ffagnallt. Credir y bydd anlwc mawr yn dod ar y tŷ a'r tir o'i gwmpas ac ar bawb a phopeth byw sydd yno os bydd y benglog yn cael ei chymryd allan o'r tŷ.

Rhyw dro yn ystod y ganrif ddiwethaf, digwyddodd peth diddorol iawn yn Ffagnallt. Roedd morwyn ifanc newydd ddechrau gweithio yno. Doedd hi ddim yn hoffi'r benglog o gwbwl ac yn casáu gorfod ei glanhau o hyd. Un diwrnod, pan nad oedd ei meistres adref, cariodd y benglog allan o'r tŷ yn ei ffedog, a'i thaflu i'r llyn yn ymyl y tŷ. Y noson honno, deffrodd y forwyn yn sydyn yng nghanol nos. Gwelodd ysbryd dyn mewn gwisg milwr o'r hen amser yn sefyll yn y stafell wely. Pwyntiodd yr ysbryd at y drws. Cododd y forwyn a cherdded allan o'r tŷ, a'r ysbryd yn ei dilyn bob cam at y llyn. Roedd yn gwybod rhywsut fod yn rhaid iddi ddod o hyd i'r benglog. Cerddodd i'r dŵr oer ac yn y tywyllwch dechreuodd chwilio amdani. Doedd y llyn ddim yn ddwfn iawn er ei fod yn weddol fawr. Wedi peth trafferth, cafodd y forwyn hyd i'r benglog a'i chario yn ôl i'r tŷ.

Rhaid bod y forwyn wedi gwneud twrw wrth godi a cherdded allan o'r tŷ. Erbyn hyn roedd pawb arall wedi codi i weld beth oedd yn digwydd. Roedd yn amlwg fod y forwyn druan wedi dychryn yn ofnadwy wrth weld yr ysbryd. Ni welodd neb arall y milwr ond roedd pawb yn fwy na pharod i gredu'r hanes. Hyd heddiw, mae pobl yn credu y daw anlwc ofnadwy i Ffagnallt os bydd y benglog yn mynd allan o'r lle ac y daw'r ysbryd yno eto a gorfodi'r sawl a aeth â'r benglog allan i'w rhoi yn ôl yn ei lle. Erbyn hyn, mae'r benglog yn ddau ddarn gan iddi ddisgyn a malu wrth i ryw blentyn rywdro chwarae â hi. Er mwyn ei chadw'n ddiogel, mae bocs arbennig wedi cael ei wneud i ddal y darnau ac maen nhw i'w gweld yn Ffagnallt o hyd.

Mae pobl drwy'r byd wedi clywed am dref Llangollen. Tybed faint o'r miloedd o ymwelwyr sy'n dod yno bob blwyddyn sy'n cerdded o gwmpas gerddi a stafelloedd Plas Newydd? Tybed faint ohonynt sydd wedi clywed am ysbrydion Plas Newydd? Wrth gwrs, does fawr neb o'r ymwelwyr wedi eu gweld. Bydd yr ysbrydion ond yn cerdded o gwmpas y plas ar noswyl y Nadolig a dim ond i ddynion yn unig y maent yn ymddangos! Yn ôl yr hanes, ysbrydion dwy wraig oedd yn arfer byw yn Plas Newydd ydynt — 'Boneddigesau Llangollen'. Daeth y ddwy foneddiges i fyw i'r plas yn 1779. Lady Eleanor Butler a Miss Sarah Ponsonby oedd eu henwau. Bu'r ddwy fyw yn y plas heb fynd allan o'r lle am bron i bum deg o flynyddoedd. Peth arall rhyfedd am y ddwy oedd eu bod yn gwisgo dillad dynion mewn defnydd glas llachar. Byddent yn torri eu gwalltiau'n fyr a rhoi powdwr ar eu pennau. Roeddent yn bobl ryfedd iawn pan yn fyw. Mae'n siŵr bod eu hysbrydion yn fwy rhyfedd fyth ac yn ddigon i ddychryn y dyn dewraf!

Ychydig filltiroedd o Wrecsam, mae pentref Brymbo. Roedd yno unwaith blasty hardd a adeiladwyd tua 1624. Erbyn heddiw does dim ar ôl i ddangos fod Plas Brymbo wedi sefyll ar y safle ger y gwaith dur am flynyddoedd maith. Er bod y plasty wedi diflannu, mae llawer o'r hanesion am y lle wedi eu cadw. Mae un o'r hanesion hyn yn sôn am ysbryd merch oedd yn arfer crwydro'r lle. Byddai'r ysbryd yn achosi i ddrysau agor a chau ac i wynt oer ruthro drwy'r tŷ. Roedd un ffenest yn agor heb fod neb yn agos iddi, ac er iddi gael ei chau a'i chloi, byddai yn agored wedyn ymhen ychydig amser. Roedd un stafell yno a elwid yn Stafell yr Ysbryd. Byddai'r cŵn a gadwai'r perchnogion yn gwrthod mynd i mewn i'r stafell. Yn ôl yr hanes roedd gwledd arbennig yn y neuadd fawr un noson. Roedd merch y plas yn dathlu ei phen-blwydd yn un ar hugain a hefyd yn dathlu ei dyweddïad â dyn nad oedd am ei briodi. Tra oedd pawb yn gwledda aeth y ferch o'r stafell fawr a mynd i fyny i lofft fach lle roedd un o'r morwynion yn arfer cysgu. Fe gafwyd hyd iddi rai oriau yn ddiweddarach yn crogi yno. Does ryfedd fod ysbryd y ferch anhapus hon wedi crwydro stafelloedd ei hen gartref am flynyddoedd maith. Wrth glywed yr hanes, ni ellir peidio â chymharu'r stori â'r un ym Mhlas Teg. Maent yn debyg iawn i'w gilydd — ond pethau felly yw straeon ysbrydion.

Os byth y cewch gyfle i ymweld â phlasty yng Nghlwyd, cofiwch ofyn iddynt os oes hanes ysbryd yn y lle. Os ydych am aros noson yno, hwyrach mai gwell fyddai i chi ofyn y cwestiwn i'r perchennog wrth i chi ymadael rhag ofn i chi fod yn effro drwy'r nos yn aros i'r ysbryd ymddangos i chi.

Plas Newydd, Llangollen

Neuadd Brymbo

Ysbrydion o Bob Math

Mae'n hawdd dychmygu fod ysbryd mewn castell neu hen blas. Mae'n fwy anodd credu fod ysbryd mewn gwaith sment prysur — ond mae yna un yn Padeswood, ger Penyffordd. Mae swyddfeydd y cwmni mewn adeilad a fu unwaith yn gartref i deulu cyfoethog. Yn ôl yr hanes, bu un dyn yn gweithio i'r teulu yma am flynyddoedd maith. Ei ysbryd ef sy'n dal i grwydro o gwmpas yr hen dŷ a'r gerddi yn ymyl y gwaith sment.

Mae nifer o bobl wedi teimlo presenoldeb yr ysbryd yn swyddfeydd y cwmni sydd yn yr hen dŷ. Nid yw'r ysbryd yn hoffi i unrhyw beth gael ei newid. Bob tro y bydd adeiladu neu addasu ar stafelloedd yn digwydd, bydd yn dod yno i weld y lle. Os nad yw'n meddwl fod y newidiadau yn rhai da, bydd presenoldeb yr ysbryd yn gallu bod yn fygythiol. Os oes hen goridor wedi cael ei gynnwys mewn ystafell, er enghraifft, nid yw'n hapus. Hawdd deall hyn. Mae pobl yn gweithio ar ganol y fan lle mae'n arfer cerdded.

Un tro, rai blynyddoedd yn ôl, penderfynodd y cwmni newid yr hen stablau a'u troi yn stordy. Rhaid oedd llenwi'r ffenestri a'r hen ddrysau â brics. Ychydig amser wedi hynny, roedd garddwr yn torri'r lawnt o flaen yr hen stablau. Sylwodd fod dyn yn sefyll ar y llwybr yn ymyl yr adeilad. Roedd ganddo wallt coch a barf hir o'r un lliw. Roedd yn gwisgo cot hir o felfed gwyrdd tywyll i lawr at ei bengliniau. Ond y peth rhyfeddaf oll oedd nad oedd ganddo goesau na thraed! Doedd y garddwr ddim yn gwybod beth i'w wneud. Roedd o'n gwybod ei fod yn edrych ar ysbryd. Roedd hefyd wedi clywed bod siarad ag ysbryd yn beth da i'w wneud. Gofynnodd iddo a fedrai ei helpu mewn unrhyw ffordd. Fel roedd yn siarad, symudodd yr ysbryd oddi wrtho ar hyd y llwybr a cherdded yn syth i mewn drwy'r wal yn union lle'r oedd yr hen ddrws yn arfer bod. Ychydig wedi hyn aeth y garddwr i'r sied lle roedd yn arfer cadw ei offer. Roedd y drws wedi ei gloi ond pan agorodd y sied roedd popeth

Y stablau yn Padeswood

Cegin y Mynach

wedi cael ei daflu o'r silffoedd i'r llawr. Dyna ffordd yr ysbryd o
ddangos nad oedd yn hoffi'r newidiadau hyn.

Mae mwy nag un stori ysbryd o fyd diwydiant yng Nghlwyd.
Ers talwm, credai pobl ardal Helygain fod ysbryd ar y mynydd.
Ysbryd gweithiwr plwm ydoedd. Bob tro y byddai rhywun yn
gweld yr ysbryd, câi'r person hwnnw lwc yn ei waith. Un
diwrnod, roedd gweithiwr yn cerdded adref o'i waith yn un o
weithfeydd mwyn y mynydd pan welodd weithiwr arall yn sefyll
ar ochr y ffordd. Nid oedd yn adnabod y dyn ond dymunodd
brynhawn da iddo. Nid atebodd y dyn. Wedi cerdded heibio
iddo, trodd y gweithiwr yn ôl i edrych ar y dyn unwaith eto. Er
mawr syndod iddo, fe'i gwelodd yn diflannu'n raddol o flaen ei
lygaid. Roedd wedi cyfarfod ysbryd Mynydd Helygain. Yn fuan
wedi hynny, aeth y dyn ati i gloddio am blwm yn yr union fan y
gwelodd yr ysbryd yn diflannu ac, yn wir, cafodd hyd i lawer o
blwm a daeth yn ŵr cyfoethog mewn dim amser.

Ar y ffordd i lawr o Fynydd Helygain i gyfeiriad Treffynnon
mae lôn gul. Un diwrnod roedd gŵr a gwraig o'r ardal yn teithio
i lawr y lôn yma mewn car. Wrth droi'r gornel gwelodd y ddau
fod dyn yn sefyll ar ganol y ffordd. Roedd ganddo ddillad blêr a
hen sach dros ei ysgwyddau. Roedd yn cario cod ledr yn ei law.
Stopiodd y gyrrwr, agorodd y ffenest a dechreuodd siarad â'r
dyn ar y ffordd. Yr eiliad honno, diflannodd y dyn. Wedi holi
hwn a'r llall cafodd y ddau wybod fod mwy nag un person wedi
cyfarfod â'r ysbryd yma yn yr un fan. Yn ôl yr hanes, roedd y
dyn yn cario swm mawr o arian o Dreffynnon i fyny i Helygain i
dalu i'r gweithwyr plwm pan ymosododd dau ddyn arno a'i
ladd, a chymryd yr arian i gyd. Mae ei ysbryd yn dal i geisio
mynd â'r arian i ben ei daith, ond does dim gweithwyr plwm ar y
Mynydd heddiw yn aros am eu cyflog.

Nid yw'r diwydiant ymwelwyr wedi colli dim cwsmeriaid
oherwydd ysbrydion hyd y gwn i, er bod llawer o ymwelwyr â
Chlwyd wedi gweld ysbrydion. Un man lle y daeth ymwelwyr
wyneb yn wyneb ag ysbryd yw bwyty Cegin y Mynach ar lan y
môr yn Llandrillo-yn-Rhos. Ers talwm roedd mynachod yn
arfer aros yn yr hen adeilad yma pan yn dod i bysgota. Yr hen

Y stryd o dai ym Mhontbleiddyn

Gwaith Dur Shotton

enw ar y lle oedd Rhos Fynach. Un prynhawn, roedd dau ymwelwr, mam a'i mab, yn eistedd yn y bwyty yn cael paned o de ac yn edrych allan drwy'r gerddi at y môr. Gwelodd y ddau rywun yn cerdded ar hyd y llwybr tuag at yr adeilad. Roedd ganddo ddillad hir brown, dillad mynach. Arhosodd am eiliad a thaflu clogyn gwyn a chwcwll drosto. Yna, cerddodd i fyny'r grisiau a diflannu. Pan aeth yr ymwelwyr ati i holi perchennog y bwyty am y mynach, dywedodd hithau fod llawer o ymwelwyr wedi ei weld. Ysbryd cyfeillgar ydoedd yn cerdded drwy adeilad a fu'n gartref iddo am flynyddoedd.

Mae mwy nag un stori ysbryd am y diwydiant dur yng Nghlwyd. Ym mhentref Pontbleiddyn, mae rhes o dai. Roedd dyn yn byw yno oedd yn arfer gweithio yng ngwaith dur Brymbo. Roedd yn codi'n fore iawn bob dydd i fynd ar ei feic i'r gwaith. Roedd ei feic yn gwichian ac yn aml byddai pobl y pentref yn ei glywed yn mynd ar hyd y ffordd. Yn rhyfedd iawn, wedi i'r dyn yma farw, roedd nifer o bobl yn y pentref yn dal i glywed sŵn ei feic yn gwichian ar hyd y ffordd yn oriau mân y bore.

Gwaith dur enwocaf yr ardal yw Shotton. Rai blynyddoedd yn ôl, bu damwain ddrwg ar y rheilffordd yn ymyl y gwaith dur. Aeth trên yn cario gweithwyr oddi ar y cledrau; cafodd rhai eu lladd a nifer eu hanafu. Ymhen ychydig amser wedi hynny, roedd dau weithiwr o'r ardal yn cerdded adref ar hyd y llwybr yn ymyl y rheilffordd. Clywodd y ddau swn brecio sydyn a thwrw ofnadwy fel pe bai dau drên wedi taro yn erbyn ei gilydd. Roedd lleisiau dynion i'w clywed yn gweiddi hefyd. Rhedodd y ddau i gyfeiriad y sŵn ond roedd y rheilffordd yn hollol wag. Dim ond wedyn y cofiodd y ddau fod y ddamwain trên wedi digwydd ar yr union noson honno ddwy flynedd ynghynt.

Mae o leiaf un ysbryd yng Nghlwyd yn byw mewn hen sinema. Yn y Tivoli, ym Mwcle, yn ôl y sôn, mae ysbryd dyn oedd yn arfer gweithio yno. Erbyn hyn, mae'r sinema yn glwb nos. Ar un adeg roedd gan ofalwr y clwb nos fflat yn yr adeilad. Roedd ganddo fo a'i wraig ddau o blant bach. Roedd y plant yn methu cysgu'n aml ac yn dweud fod hen ddyn yn edrych arnynt, yn sefyll ar ganol y stafell wely. Doedd eu rhieni ddim yn eu

Y Tivoli, Bwcle

coelio. Un diwrnod, roedd yn bwrw glaw yn drwm. Danfonodd y fam y plant i chwarae ar y llawr dawnsio yn y clwb. Roedd y ddau yn hapus am dipyn ond yna daeth y ddau ati yn crïo gan ddweud fod yr hen ddyn yn eu gwylio'n chwarae.

Un noson, roedd dau ddyn yn cerdded heibio'r Tivoli. Roedd hi tua dau o'r gloch y bore. Gwelodd y ddau oleuadau yn symud yn y ffenestri bach uwchben prif fynedfa'r clwb. Drannoeth dywedodd un o'r dynion wrth ofalwr y lle ei fod wedi bod yn gweithio'n hwyr iawn y noson cynt. Edrychodd y gofalwr yn syn arno. Doedd y clwb ddim ar agor yn hwyr ac roedd o wedi mynd i'w wely toc wedi hanner nos.

Wrth gwrs roedd rhaid i'r gofalwr ddechrau holi wedyn os oedd rhywbeth od wedi digwydd yn yr adeilad yn y gorffennol, rhywbeth a allai esbonio pam fod ysbryd hen ddyn o gwmpas y lle. Tua phedwar deg o flynyddoedd yn ôl, roedd dyn eithaf hen yn gweithio yn y Tivoli. Roedd yn gofalu am y peiriannau oedd yn dangos y ffilmiau. Treuliai oriau lawer yn y stafell fach uwchben y brif fynedfa. Yn ôl rhai, roedd wedi bod yn dwyn arian oddi wrth berchennog y lle ac yn cuddio'r arian rhywle yn ei stafell. Un noson, aeth y peiriant ar dân. Llwyddodd y dyn i ddianc o'r stafell ond yna aeth yn ôl i mewn i'r fflamau i nôl yr arian roedd wedi ei guddio yno. Fe'i llosgwyd i farwolaeth. Tybed ai ysbryd y dyn hwn sydd yn y Tivoli o hyd? Tybed a ydyw'n dal i chwilio am yr arian a guddiodd?

Yn ôl yr hanes mae trysor wedi ei guddio ar Foel Arthur, ar y ffordd rhwng Llangwyfan a Nannerch. Bob tro y bydd rhywrai'n ceisio cloddio am y trysor, mae storm o fellt a tharannau yn siŵr o ddod. Dywedir bod ysbryd dynes mewn dillad llwyd yn gwarchod y trysor. Un noson, aeth dyn i gloddio am y trysor ar Foel Arthur. Wrth iddo ddechrau ar y gwaith, ymddangosodd y Ladi Lwyd iddo. Yn sydyn, daeth yn storm ofnadwy. Gwelodd y dyn y Ladi'n symud tuag ato. Rhoddodd llond llaw o bys iddo a dweud wrtho am fynd adref ar unwaith. Aeth yntau'r eiliad honno. Bore drannoeth, aeth y dyn i boced ei gôt i weld a oedd pys y Ladi'n dal yno. Er mawr syndod iddo, gwelodd eu bod wedi troi'n beli bach o aur!

Hanes am drysor wedi ei guddio ac ysbryd yn ceisio dangos i bobl lle yr oedd yw un o'r storïau ysbryd gorau yng Nghymru gyfan. Heb fod ymhell o ganol tref yr Wyddgrug, ar y ffordd allan i Fwcle a Chaer, mae Bryn yr Ellyllon. Ddau gan mlynedd yn ôl roedd pobl yr ardal yn gweld ysbryd cawr o ddyn mewn dillad llachar yn sefyll ar ben y bryn yma. Wrth gwrs, nid bryn cyffredin ydoedd ond un wedi ei godi gan ddynion ganrifoedd lawer yn ôl, yn yr Oes Efydd. Daeth yr hanesydd Angharad Llwyd i'r Wyddgrug i holi rhai o'r bobl oedd wedi gweld yr ysbryd. (Roedd hi'n ferch o'r ardal ac yn byw yng Nghaerwys.) Clywodd hanesion tebyg iawn i'w gilydd. Yn 1825, roedd gŵr a gwraig yn cerdded adref ar hyd y ffordd heibio i Fryn yr Ellyllon. Roedd y gŵr wedi meddwi. Gwelodd y ddau ysbryd y cawr disglair yn ymddangos ar ben y bryn. Llewygodd y wraig gan ofn. Pan ddaeth ati ei hun, sylwodd fod ei gŵr wedi sobri'n sydyn iawn. Yn ôl yr hanes, ni chyffyrddodd â diferyn o alcohol byth wedyn! Cafodd merch o'r enw Nansi ei dychryn yn

Trysor ysbryd Bryn yr Ellyllon, Yr Wyddgrug

ofnadwy gan yr ysbryd un noson hefyd. Roedd hi'n hel y gwartheg i'w gyrru adref pan ymddangosodd y cawr disglair iddi ar ben y bryn. Gwelodd merch arall yr ysbryd ac roedd wedi dychryn cymaint nes iddi fynd yn wallgo. Fe gymerodd saith mlynedd iddi ddod dros y peth. Dyma'r math o hanesion a glywodd Angharad Llwyd. Aeth ati ar unwaith i sgrifennu'r cwbwl i lawr.

Yna, yn 1833, digwyddodd rhywbeth oedd yn syndod i bawb. Roedd y ffordd o flaen Bryn yr Ellyllon wedi cael ei defnyddio gymaint wrth i dref yr Wyddgrug dyfu nes bod angen llenwi tyllau ynddi. Daeth nifer o weithwyr yno a dechrau cloddio i ochr y bryn i gael cerrig i lenwi'r tyllau. Yn sydyn, daeth y dynion ar draws nifer o gerrig mawr a gwelwyd fod bedd yno. Wedi agor y bedd syllodd y dynion ar sgerbwd cawr o ddyn. Roedd mwclis ambr a llestr pridd yn y bedd ond y peth a dynnodd sylw'r dynion fwyaf oedd y clogyn byr o aur pur oedd yno. Rhaid bod y person a gladdwyd yn y bedd yn ddyn pwysig iawn a hwyrach fod y clogyn yma, fel coron, yn dangos pa mor bwysig ydoedd. Wedi i'r bedd gael ei agor, ni fu'r sgerbwd fawr o dro cyn troi'n llwch. Bu'r awdurdodau fawr o dro chwaith cyn mynd â'r clogyn aur o'r bedd. Ond roedd rhai o'r gweithwyr wedi gweld pa mor werthfawr oedd trysor yr ysbryd, ac wedi torri darnau bach o'r clogyn a mynd â hwy adre efo nhw. Heddiw, mae'r clogyn i'w weld yn yr Amgueddfa Brydeinig yn Llundain a gellir gweld fod darnau ohono ar goll o hyd. Hwyrach y daw rhywun o hyd i fwy o ddarnau ohono yn ardal yr Wyddgrug yn y dyfodol. Ychydig flynyddoedd yn ôl roedd gwraig leol yn clirio tŷ ei thad wedi iddo farw. Daeth o hyd i ddarn o fetel na wyddai beth ydoedd. Cafodd wybod gan emydd lleol mai aur pur ydoedd a'i fod yn yn hen iawn. Aeth â'r darn i'r amgueddfa agosaf. Wedyn fe'i danfonwyd i Lundain lle gwelwyd ei fod yn ffitio'r clogyn aur fel darn o jig-so! Roedd rhywun yn nheulu'r wraig wedi bod yno pan agorwyd y bedd. Wedi i'r trysor hwn gael ei ddarganfod, welodd neb yr ysbryd byth mwy ar Fryn yr Ellyllon. Yn ôl pob tebyg, roedd wedi ymddangos yno er mwyn dweud wrth bobl fod trysor wedi ei guddio yn y ddaear. Nawr mae'r ysbryd wedi gwneud ei waith a gall orffwys mewn heddwch.

Yn ddiddorol iawn, nid Bryn yr Ellyllon yn unig oedd yn yr Wyddgrug. Roedd yno Ffynnon yr Ellyll hefyd ac mae yna stori ysbryd am y ffynnon hon. Erbyn heddiw, mae'r ffynnon wedi diflannu wrth i'r ffordd o'r Wyddgrug i gyfeiriad y Waun (*Gwernaffield*) gael ei lledu. Roedd y ffynnon ar gyrion y cae lle saif cofgolofn yr Haleliwia heddiw, ar dir fferm Maes Garmon. Roedd pawb yn credu fod ysbryd cas yn byw yn y ffynnon — bwbach neu ellyll — oedd yn chwarae triciau ac yn dychryn pobl. Ychydig iawn fyddai'n barod i gerdded heibio i'r lle yn y nos. Ond roedd un bachgen ifanc yn fodlon mentro. Doedd o ddim yn un arbennig o ddewr ond roedd yn gweithio mewn gwaith plwm yn y Waun ac yn caru merch oedd yn gweithio mewn tafarn yn yr Wyddgrug. Yr unig ffordd y gallai fynd i'w chyfarfod oedd wrth gerdded heibio Ffynnon yr Ellyll. Roedd wedi cerdded heibio i'r lle lawer tro ac yn raddol dechreuodd gredu mai dim ond hen stori wirion oedd yr hanes am yr ysbryd.

Safle Ffynnon yr Ellyll, Maes Garmon, Yr Wyddgrug

Un noson, roedd ar ei ffordd adref i'r Waun ar ôl bod yn caru yn yr Wyddgrug. Wrth ddod yn nes at y darn o'r ffordd lle roedd y ffynnon, gwelodd fod rhywun yn aros amdano. Gwraig mewn clogyn gwyn oedd yno, clogyn oedd yn ei chuddio i gyd o'i phen i'w sawdl. Clywodd y dyn ifanc lais yn dweud,

"Rwy'n falch fod rhywun wedi dod o'r diwedd. Maen nhw'n dweud fod ysbryd yn Ffynnon yr Ellyll. Mae arna i ofn cerdded heibio iddi ar ben fy hun."

Dywedodd y dyn ifanc wrthi ei fod wedi cerdded heibio'r lle llawer tro ond heb weld na chlywed dim byd. Cerddodd y ddau ymlaen gyda'i gilydd nes iddynt gyrraedd y ffynnon. Yna dywedodd y wraig wrth y dyn ifanc fod trysor wedi ei guddio o dan y ffynnon — bod mwclis o aur yno. Pan ofynnodd y dyn iddi sut y gwyddai hyn meddai,

"Roeddwn i'n gwisgo'r mwclis pan dorrwyd fy mhen i ffwrdd!"

Edrychodd y dyn arni mewn braw a gweld nad oedd ganddi

ben o dan y clogyn. Dychrynnodd am ei fywyd a rhedodd adref nerth ei draed. Roedd pawb yn gweld ei fod wedi dychryn yn ofnadwy ac erbyn y bore roedd yr hanes am Ladi Wen Ffynnon yr Ellyll wedi lledu fel tân gwyllt drwy'r ardal.

Yn aml, cawn hanes am ysbrydion lle mae dŵr. Dywedir bod ysbryd merch yn ymddangos ambell dro yn sefyll ar dywod yng nghanol afon Dyfrdwy pan fydd y llanw allan. Yn ôl yr hanes, roedd y ferch yn arfer mynd â gwartheg i'r dŵr, flynyddoedd maith yn ôl. Un diwrnod cafodd ei dal gan y llanw. Boddwyd hi a'r gwartheg. Tua deng mlynedd yn ôl, roedd dau ddyn lleol yn pysgota mewn cwch allan ar yr afon rhwng Cei Connah a'r Fflint. Gwelodd y ddau fod rhywun yn sefyll ar fanc o dywod yn yr afon. Merch ifanc gyda gwallt hir a dillad llaes oedd hi. Galwodd y ddau arni, ond yn sydyn diflannodd o flaen eu llygaid.

Yn ymyl pentref Ysceifiog mae llynnoedd a fu unwaith yn troi melinau dŵr. Ceir hanes am fwy nag un ysbryd yn y llynnoedd hyn. Dywedir y gellir gweld ysbryd gwraig a foddodd ei hun yno, a hefyd ysbryd dyn a foddodd drwy ddamwain wrth bysgota. Dywedir i'r dyn fynd allan mewn cwch i ganol llyn. Gellir ei weld o hyd yn rhwyfo'i gwch i'r canol, yna daw niwl i lawr a chlywir llais yn galw am help. Erbyn i'r niwl glirio bydd y cwch a'r dyn wedi diflannu.

Mae pont yn lle da i weld ysbryd. Dywedir bod ysbryd cythryblus wedi ei roi mewn bocs a'i gladdu o dan garreg yn yr afon Alun o dan y bont ym mhentref Llandegla. Yn Holt, clywir lleisiau plant yn dod o'r dŵr o dan y bont dros afon Dyfrdwy. Yn ôl yr hanes, boddwyd dau fachgen yno ganrifoedd lawer yn ôl. Roedd y ddau yn frodyr ac wedi cael eu gadael heb rieni. Hwy oedd i etifeddu stad fawr wedi iddynt dyfu'n ddigon hen. Roedd y gwaith o ofalu amdanynt wedi cael ei roi i ddynion hunanol iawn. Boddwyd y ddau fachgen er mwyn i'r stad fynd i ddwylo'r dynion hynny.

Mae mwy nag un person wedi gweld ysbrydion yn ymyl Pont y Glyn-diffwys rhwng Corwen a Cherrigydrudion. Flynyddoedd lawer yn ôl, roedd ffermwr yn mynd adre i

Un o lynnoedd Ysceifiog

Pont Llandegla

Langwm gyda'r hwyr gyda'i drol a'i geffyl. Roedd wedi blino a syrthiodd i gysgu. Cafodd ei ddeffro gan sŵn y ceffyl yn gweryru wrth groesi Pont y Glyn. Gwelodd fod dyn ar gefn ceffyl yn dod i'w gyfarfod. Doedd dim lle i'r ddau basio'i gilydd ar y bont felly arhosodd y ffermwr i'r dyn dieithr groesi'r bont yn gyntaf. Sylwodd ar y dyn wrth iddo fynd heibio iddo. Roedd coler ei got wedi ei throi i fyny ac ni allai weld ei wyneb yn glir. Dywedodd "Noswaith dda", yn ddigon cwrtais wrtho ond ni chafodd ateb gan y dyn dieithr. Edrychodd y ffermwr yn ôl wedi i'r dyn fynd heibio, ond 'doedd neb yno. Roedd y ffordd yn hollol wag.

Dro arall, roedd bugail yn gyrru ei ddefaid dros y bont yn hwyr un prynhawn. Gwelai fod rhywun yn sefyll yr ochr arall i'r bont ond am fod y golau'n wan ni allai weld y person yn glir iawn. Dechreuodd y ci defaid gyfarth yn ffyrnig gan ddychryn y defaid. Yna, yn sydyn rhedodd y ci at y bugail, yn crynu gan ofn, a chuddio y tu ôl iddo a gwelodd y bugail y person yr ochr arall i'r bont yn diflannu o flaen ei lygaid.

Dros gan mlynedd yn ôl, roedd pobl yn teithio mewn coets fawr ar hyd y ffordd rhwng Cerrigydrudion a Chorwen. Wrth ddod at Bont y Glyn neidiodd dyn tal allan o'r gwrych ac i ganol y ffordd o flaen y ceffylau. Ceisiodd y gyrrwr eu cael i aros ond roedd yn rhy hwyr. Aeth y ceffylau a'r goets dros y dyn. Arhosodd y goets fawr ac aeth pawb allan i weld beth oedd wedi digwydd ond er chwilio a chwilio doedd dim golwg o neb o dan yr olwynion. Yn ôl yr hanes, ysbryd lleidr pen ffordd oedd wedi dychryn y gyrrwr a'r teithwyr. Roedd hwnnw wedi cael ei ladd flynyddoedd ynghynt wrth geisio dwyn oddi ar deithwyr coets fawr arall yn ymyl Pont y Glyn.

Hwyrach mai'r stori fwyaf rhyfedd am Bont y Glyn yw'r un am y wraig anferth. Roedd dyn yn cerdded adref o Gorwen yn hwyr iawn un noson. Yn ymyl y bont, gwelodd wraig yn eistedd ar ochr y ffordd. Dywedodd "Nos da", wrthi ond ni chafodd ateb. Wedi mynd heibio iddi, trodd i edrych yn ôl arni. Gwelodd y wraig yn codi ar ei thraed ac yn tyfu'n fwy a mwy nes ei bod hi'n llenwi'r ffordd i gyd!

Mae'n siŵr fod gweld un ysbryd yn ddigon i ddychryn

Pont Holt

rhywun ond mae gweld torf o ysbrydion gyda'i gilydd yn fwy dychrynllyd fyth. . . Mewn mwy nag un ardal yng Nghlwyd, mae pobl wedi gweld ysbrydion milwyr yn cerdded yn eu cannoedd drwy'r wlad. Tua 1600, dywedir bod pobl wedi gweld byddin o filwyr yn cerdded yn Nant-y-Ffrith ger Bwlchgwyn, yn ardal Wrecsam. Roedd tua tair mil o ddynion yn cerdded yno gan gario baneri. O ardal Llangernyw, cawn hanes am ddau gariad yn cerdded adref o ffair Llanrwst ac yn mynd ar goll mewn coedwig. Clywodd y ddau sŵn brwydro o'u cwmpas: sŵn cleddyfau yn taro yn erbyn ei gilydd, sŵn dynion yn gweiddi a griddfan, sŵn ceffylau wedi eu clwyfo, ond doedd dim i'w weld. Yn y Rhewl, ger Llangollen, ceir hanes am ysbrydion milwyr yn dod allan o'r goedwig i boeni pobl oedd yn byw yn ymyl.

Mae'n rhyfedd meddwl bod ysbrydion anifeiliaid mor hawdd i'w gweld, bron, ag ysbrydion pobl, ac mae digon o enghreifftiau o ysbrydion anifeiliaid yng Nghlwyd. Ger Mynydd y Fflint, mae ysbryd ceffyl gwyn wedi cael ei weld. Os bydd rhywun yn ceisio croesi'r cae, bydd ysbryd y ceffyl gwyn yn ymddangos ac yn dilyn y person. Mae mwy nag un yn yr ardal wedi cael y profiad rhyfedd yma.

Ger Cerniogau Mawr, rhwng Cerrigydrudion a Phentrefoelas, gwelwyd ysbryd hwch ddu yn dod allan o hen adeilad oedd wedi mynd yn adfail. Roedd yr hwch yn arfer dilyn pobl oedd yn cerdded ar hyd y ffordd. Roedd rhai wedi ceisio taflu darnau o bren at yr hwch i'w gyrru hi i ffwrdd ond roedd y prennau'n mynd yn syth drwy'r anifail!

Un peth yw gweld ysbryd anifail, peth arall yw i'r ysbryd ddechrau symud pethau o gwmpas! Dyna a ddigwyddodd yng ngwesty'r Chequers, rhwng Eulo a Northophall rhai blynyddoedd yn ôl. Aeth y perchennog ati i adeiladu swyddfa newydd iddo'i hun yn ymyl yr hen dŷ urddasol. Wrth gloddio'r sylfeini, cafodd y gweithwyr hyd i sgerbwd ci un o'r cyn-berchnogion. Roedd y teulu wedi bod yn hoff iawn o'r anifail ac wedi ei gladdu yn ymyl ei gartref. Codwyd yr esgyrn a'u claddu mewn cornel o'r ardd. Wedi gorffen y gwaith adeiladu, symudodd y perchennog y dodrefn i'r swyddfa newydd. Aeth yno un bore i ddarganfod bod silffoedd wedi syrthio o'r waliau, dodrefn wedi eu troi drosodd a'i holl bapurau wedi ei tynnu o'r cabinet a'u taflu ar lawr. Credai fod lladron wedi torri i mewn ond erbyn edrych yn fanwl doedd dim arwydd o hynny. Digwyddodd hyn dro ar ôl tro. Credai'r perchennog mai ysbryd y ci oedd yn gwneud hyn i gyd!

Ysbryd ci du sydd i'w weld yn Ysceifiog. Tŷ hyna'r plwyf yw Gledlom ac ar y ffordd yn ymyl y tŷ y gwelwyd y ci. Roedd dyn yn teithio ar feic modur ar hyd y ffordd. Yn sydyn, neidiodd ci du anferth allan o'r gwrych ac yn syth drwy'r tanc petrol! Yn 1920 roedd dyn yn cerdded caeau ger Gledlom gan gario gwn. Gwelodd gi du anferth yn dod i'w gyfarfod. Rhoddodd ei law allan i'w gyffwrdd — ond doedd dim byd yno!

Mae'n ddiddorol mai yn ymyl Gledlom y gwelwyd y ci yma, oherwydd mae'r hen dŷ yn llawn o ysbrydion. Yn ymyl y giât, mae ysbryd Ladi Wen yn cerdded. Yn y tŷ ei hun, clywir sŵn cloch yn canu ond does neb yn gwybod lle mae hi. Gwelir ysbryd dynes mewn dillad llwyd ac ysbryd mynach yn y tŷ hefyd. Daeth perchennog newydd i fyw i Gledlom rhyw dro ac aeth ati i wneud newidiadau i'r adeilad. Dywedwyd wrtho fod un stafell yn y tŷ nad oedd y drws iddi byth yn cael ei agor am fod ysbryd wedi cael ei gloi i mewn yno. Gwrthododd y perchennog wrando ac agorodd y drws. Llwyddodd yr ysbryd i ddianc. Tybed ai dyma'r esboniad am storïau'r ci mawr du?

Nid pethau'n perthyn i'r gorffennol yw ysbrydion. Maen nhw mor brysur yng Nghlwyd heddiw ag erioed, ac nid dim ond mewn cestyll, tafarnau, tai a phlastai maen nhw i'w cael, ond mewn siopau hefyd. Yn 1973, cafwyd digwyddiad diddorol mewn siop ym Mae Colwyn. Roedd y siop yn Ffordd Abergele yn gwerthu dodrefn cegin a stafell molchi. Dechreuodd y bobl oedd yn gweithio yno boeni pan syrthiodd mwy nag un cwpwrdd trwm i'r llawr. Roedd dyn mewn dillad tywyll wedi ei weld yn un o'r stafelloedd yn y llofft — dyn tal, tenau, canol oed. Gwelodd un o'r gweithwyr y dyn yn cerdded i fyny'r grisiau. Aeth ar ei ôl i ofyn a fedrai ei helpu — ond roedd y dyn wedi diflannu. Ar ben hynny roedd mwy nag un o'r staff wedi clywed sŵn traed ar y grisiau ac yn y llofft pan nad oedd neb yno.

Un diwrnod daeth gwraig o Gronant i'r siop i brynu teils ac roedd rheolwr y siop wrthi yn dangos y nwyddau iddi. Yn sydyn, cododd teilsen o'r paced ar y silff a symud drwy'r awyr cyn syrthio i'r llawr! Er gwaethaf popeth, roedd un o'r dynion oedd yn gweithio yn y siop yn gwrthod credu fod ysbryd yno. Un diwrnod, aeth i lawr i'r seler i nôl rhywbeth. Teimlodd fod y lle yn llawer oerach nag arfer, yna syrthiodd nifer o gypyrddau ar ei ben! Wedi hynny, roedd rhaid iddo gredu yn yr ysbryd. Yn ôl y bobl leol, mae'r adeilad yma yn Ffordd Abergele wedi newid dwylo lawer gwaith a neb wedi aros yno'n hir — arwydd sicr fod rhywbeth anarferol yno.

Ym Mae Colwyn, yn 1988, cafwyd hanes am ysbryd yn creu trafferthion i'r cwsmeriaid mewn tŷ bwyta. Roedd yn symud cotiau a llyfrau, yn ysgwyd dodrefn ac yn rhoi pinsiad go gas i ambell un. Yn ôl y perchnogion, roedd y peiriant golchi llestri a'r peiriant dillad yn gweithio pan nad oedd dim byd ynddynt. Roedd hi'n oer iawn yno hefyd er gwaetha'r gwres canolog. Roedd gan y bobl leol esboniad i'w gynnig am yr holl ddigwyddiadau rhyfedd. Yn ôl yr hanes, roedd cyn-berchennog y lle wedi buddsoddi llawer o arian yn y busnes ond wedi marw'n sydyn cyn gallu gwneud fawr o elw. Hwyrach nad oedd yn fodlon gollwng ei afael ar y lle.

Rhaid oedd galw am help gwraig oedd yn arfer delio ag ysbrydion i gael gwared ar ysbryd o archfarchnad, eto ym Mae Colwyn, yn ystod haf 1990. Roedd teganau mecanyddol yn symud heb fod neb ar eu cyfyl, tapiau yn troi a dŵr yn llifo heb i neb eu cyffwrdd a sŵn traed ar yr ail lawr pan nad oedd neb yno. Yn naturiol, roedd ar y gweithwyr ofn mynd i fyny i'r rhan honno o'r siop. Yn ôl yr hanes, roedd cyn-berchennog y siop wedi diflannu heb esboniad ac er bod hyn wedi digwydd flynyddoedd lawer yn ôl, roedd ei ysbryd yn dal i grwydro'r lle.

Gair Wrth Orffen

Ydych chi'n gallu esbonio llawer o'r hanesion yma am ysbrydion Clwyd? Mae'n anodd credu bod llawer ohonynt yn wir, ond mae'n rhaid fod rhyw wirionedd yma yn rhywle. Unwaith bydd rhywun wedi gweld ysbryd neu wedi cael profiad anarferol, mae'n anodd eu perswadio i beidio â chredu mewn ysbrydion. Ydych chi wedi cael profiad rhyfedd? Ydych chi'n credu mewn ysbrydion? Beth bynnag yw eich barn am ysbrydion gobeithio i chi fwynhau darllen amdanynt, ac os clywch chi am stori ysbryd dda rhowch wybod imi — hwyrach y cawn ni ddigon i wneud llyfr arall am ysbrydion Clwyd.

Diolchiadau

Casglwyd llawer o'r deunydd i'r gyfrol hon oddi ar lafar gwlad. Diolch i nifer o bobl garedig fu'n fodlon dweud wrthyf am eu profiadau personol, am y digwyddiadau rhyfedd hynny na ellir eu hesbonio 'n hawdd ond wrth gyfaddef fod ysbryd yn gyfrifol amdanynt. Diolch yn arbennig i blant Ysgol Maes Garmon, Yr Wyddgrug, am gadw ar lafar lawer o lên gwerin eu hardal. Cyfrol iddynt hwy ydi hon mewn gwirionedd.

Diolch o galon i Mrs D. L. Hughes, Rhuthun am adael i mi gael golwg ar ei chasgliad diddorol hi o straeon ysbryd, a'r caniatâd i'w defnyddio yn y gyfrol hon.

Diolch i'm gŵr Ken am y map gwych, ei gyngor a'i amynedd ac am fynd ati i dynnu llawer o'r lluniau. Diolch i Gwynne Wheldon am ei fanylder wrth ddarllen y proflenni a diolch i Wasg Carreg Gwalch am eu gwaith glân.

Llyfrau i'w Darllen

Barber, Chris *Mysterious Wales*. (Granada Publishing, 1982).

Barber, Chris *More Mysterious Wales*. (David and Charles, 1986).

Brooks, J. A. *Ghosts and Legends of Wales*. (Jarrold Colour Publications, 1987).

Holland, Richard *Supernatural Clwyd*. (Gwasg Carreg Gwalch, 1986).

Hughes, Meirion & Evans, Wayne *Rumours and Oddities form North Wales*. (Gwasg Carreg Gwalch, 1989).

Radford, Ken *Tales of North Wales*. (Skilton and Shaw, 1982).

Underwood, Peter, *Ghosts of Wales*. (Corgi Books, 1980).